스무 살 아들에게

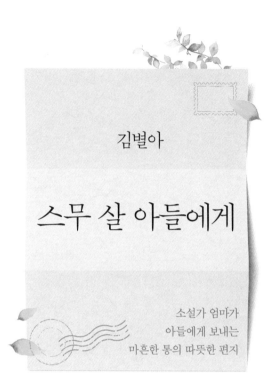

김별아

스무 살 아들에게

소설가 엄마가
아들에게 보내는
마흔한 통의 따뜻한 편지

해냄

21개월의 새로운 삶

컴퓨터 폴더 안에서 아주 오래된 파일 하나를 찾았어. 네 첫 번째 생일을 맞아 엄마가 썼던 편지였지. 그때 엄마는 너를 '내 핏덩이, 내 살덩이, 내 숨결'이라고 불렀더구나. 네가 세상에 태어나 맞은 첫 번째 생일이 바로 내가 엄마라는 이름을 갖게 된 첫 번째 기념일이었던 거지. 네가 스무 살이 된 지금은 엄마로서의 나도 스무 살인 게야. 너를 통해 엄마는 새롭게 살고 있단다.

혜준! 내 아들아!

2016년 7월 5일은 너뿐만 아니라 엄마에게도 잊을 수 없는 날이지.

분단된 한반도에서 태어난 남아로서 언젠가 감당해야 할 일이었지만, 마땅히 예상했던 일임에도 놀랐지. 준비하고 기다렸음에도 당황하고 말았지. 막상 입영 통지서를 받아 드는 순간 철렁 내려앉던 가습을, 복잡 미묘한 그 감정을 어떻게 설명할 수 있을까. 조금은 여유가 있을 줄 알았는데, 짧은 여행이라도 다녀올 수 있을 줄 알았는데 기말고사가 끝난 지 며칠 지나지 않아 당장 입대라니, 임박한 시간이 너무 낯설어 엄마는 먹먹했단다.

하지만 놀라고 당황한 엄마를 달래며 넌 말했어. 걱정하지 말라고, 심란해 말라고, 네 마음은 이미 홀홀히 비어 있다고. 그래, 지난 스무 해 동안 너는 엄마가 생각했던 것보다 훨씬 단단하게 성큼 자라나 있더구나.

입대를 앞두고 동네 미용실을 함께 찾았지. 염색과 파마로 멋을 부렸던 머리카락이 밀려나고 까까머리의 낯선 모습이 되었을 때, 바로 그곳에서 배냇머리를 깎았던 스무 해 전의 기억이 물밀어 들어 엄마는 또다시 울컥했단다. 엄마의 기억에 아들은 여전히 배 속에서 자란 얇고 부드러운 머리카락을 휘날리던 아가 같기만 한데, 이제 바야흐로 누구도 대신할 수 없는 새로운 삶을 향해 한 걸음을 내딛었구나!

모든 시작은 낯설다. 낯선 것은 두렵다. 낯선 환경과 일과, 그리고 낯선 사람들과 어울리는 일은 누구에게나 힘겨울 수밖에 없어. 게다가 네 앞에 놓인 21개월의 시간을 단절이라고 생각한다면, 바깥의 모두가 널 잊을 것만 같아서 세상에서 가장 외로운 기분을 느낄 수도 있을 거야. 그 외로움 때문에 21개월이 지난 후 다시 맞닥뜨릴 세상에 대한 두려움으로 잠 못 이룰 날도 있을 거야.

하지만 아들아! 엄마는 널 기억하고 기다리는 마지막 사람이란다.

엄마가 아니더라도 넌 너 자신으로 분명히 존재하지. 걱정 마라. 넌 잊히지도 사라지지도 않는단다. 아니, 잠시 잊힐지언정 결코 사라질 수 없는 존재란다.

강건해라! 엄마도 너와 함께 새로운 21개월의 삶을 꿋꿋이 살아낼게. 사랑하고, 또 사랑한다!

과천에서 엄마가

차례

숨 쉬는 순간마다 네가 그립다

입소식을 마치고 돌아오는 길

상행선 무궁화호 차창 밖으로 서울이 가까워질수록 굵어지는 빗방울을 바라보며 너에게 편지를 쓴다. 바야흐로 장마의 절정이구나. 말 그대로 하늘에 구멍이 뚫린 것 같다. 며칠 전 남부 지방을 강타한 장마 전선이 북상한 것이라니, 너는 적어도 한동안은 이만큼 사나운 빗줄기엔 시달리지 않겠지. 더위가 한창인 7월에 아들을 입대시키는 엄마의 마음이 그런 사소한 사실에나마 위안을 받는구나.

검고 무거운 구름.
구름 사이를 뚫고 비치던 햇살.
해님에게 메롱 혀라도 내미는 듯 깔짝거리며 흩뿌리던 여우비.
섬진강 변 산골짝 낯선 그곳의 오늘 날씨는 참으로 변덕스러웠어.

가뜩이나 어수선한 마음이 접었다 폈다를 반복해야 하는 우산 같았지.

어쩌면 눈앞에 닥치기 전까지 미루어 짐작하는 것만으로 충분치 않은 일들이 있어. 불안이 많은 엄마는 그 상상과 현실의 간극을 좁혀보려고 발버둥질하며 살아왔지. 어떤 일에서나 자료부터 찾고 정보를 모으고 미리 준비하고 여러 번 연습하며, 새로운 상황에 맞닥뜨렸을 때 받을 충격을 최대한 줄여보려 애썼어.

네가 내가 알 수 없는 곳에서 내가 알 수 없는 경험을 한다는 사실이 처음에는 공포였어. 군(軍)이라는 이름과 의무 복무라는 사실이 주는 압박과 부담이 절대 무시할 만큼 만만치 않았거든. 여전히 휴전 상태인, 실제로 잠시 전쟁을 멈추었을 뿐인 한반도에서 아들을 낳아 기르는 엄마라면 아마도 다들 비슷한 마음이리라 생각해.

맹세코 엄마는 가능하기만 하다면 기꺼이 아들의 의무를 대신했을 거야. 아니, 세상의 의무 정도가 아니라 사랑하는 아내를 따라 스스로 지하 세계에 간 그리스 신화 속의 오르페우스처럼 지옥까지도 대신 갈 수 있어. 하지만 그럴 수 없기에, 내가 아무리 사랑한대도 네게는 독립된 성인으로서 감당해야 할 너만의 몫이 있기에 나는 무력할 수밖에 없었지.

그래서 비록 직접 체험을 하지 못하더라도 간접 체험이나마 하고자 지금껏 자원해서 강연을 다녔어. 육군, 해군, 공군, 해병대, 특전사,

부사관 학교 등 전국의 군부대를 골고루 방문했지. 주로 문학과 역사, 혹은 진로 상담 따위로 장병들을 만났지만 사실 엄마는 그들을 가르친 것보다 그들을 통해 배운 게 더 많아.

무엇보다 머릿속의 상상이 아니라 눈으로 그들의 생활을 보니 공포가 많이 사라졌어. 지극히 당연한 말이지만 그곳 또한 사람이 사는 곳이지. 사람은 약하고 어리석은 존재라 여러 가지 실수를 할 수밖에 없지만 그것을 극복하는 일 또한 사람만이 할 수 있지. 병영 문화를 개선하기 위해 애쓰는 간부들과, 군 생활을 통해 반강제적(?!)으로 자기 성찰을 하며 성숙해져 가는 병사들이 그곳에 있었어. "군대가 스펙이다!"는 구호는 낯설었지만 인성 교육과 독서 장려 등으로 사회와의 단절 때문에 힘겨워하는 병사들을 도우려는 손길도 존재하고 있었고.

엄마는 군 생활을 경험하지 못했기에 군필자들처럼 "요즘 군대 좋아졌어!"를 외칠 수는 없지만 적어도 "아직 해결해야 할 문제들은 있지만 군대도 변하고 있다!" 정도는 말할 수 있었지. 그리고 그런 마음의 준비가 너를 담담히 떠나보내는 데 도움이 되리라 믿었어.

물론 아무런 도움이 되지 않았던 건 아니야. 하지만 삶을 그 자체로 경험하기 전까지 완벽한 준비란 없지. 오늘 신병교육대 입소식에서 수백 개의 까까머리들 중 하나가 되어 서 있는 너를 보니 새삼스레 머릿속이 하얘지는 느낌이었어. 정말 그 순간이 오고야 말았구나!

우천 때문에 입소식이 강당에서 치러진댔어. 정문에서 강당까지 셔틀버스를 타고 갈 때부터 엄마는 가슴속에 자욱한 무엇이 문득문득 치밀어 먹먹하고 막막했지. 옆자리에 앉은 네 손을 꼭 움켜잡고 말없이 발만 동동 굴렀어.

"엄마, 오늘 올 거야?"

"글쎄, 아무래도 눈물이 날 것 같은데?"

"우는 건 할 수 없대도 오열까진 하지 마!"

네가 농담처럼 건넨 한마디 때문에 엄마는 울음을 터뜨리지 않으려고 어금니를 악물었어. 손자의 입대를 함께 배웅하러 간 할머니 할아버지가 걱정하실까 봐 최대한 의연하기로 마음먹었지.

신병 가족들을 맞는 장병들은 다들 친절하고 정중했어. 불안하고 모든 게 걱정인 가족 친지의 마음을 헤아려 위병소를 개방하고 완전군장을 체험하고 사단 부대 홍보 영상을 시청하는 등의 다양한 식전 행사도 준비하셨더구나. 아침 일찍 출발했음에도 빗길에 늦어 신병 교육 과정과 교관 및 조교 소개를 못 봐서 아쉬웠는데 입소식이 끝나고 중대장님이 질의응답 시간을 따로 마련해주신다니 고맙고 다행이었어.

언제 우리가 잡았던 손을 놓았는지 몰라. 어느새 넌 불려 나가고 엄마 혼자 동그마니 남았어. 그래도 2백여 개의 새카만 머리통 사이에서 내 아들의 머리통이 확연히 구별되는 게 신기해. 어느새 나는 사막 동물 미어캣처럼 목을 길게 뺀 채 너만 바라보고 있었어.

내가 아무리 사랑한대도
네게는 독립된 성인으로서 감당해야 할
너만의 몫이 있기에 나는 무력할 수밖에 없었지.

할머니는 그게 핏줄이 이끄는 거래. 그보다는 그 동그랗고 예쁜 머리 통을 만들기 위해 목을 가누지 못하는 갓난아기를 이리저리 돌려 누이며 애썼던 사람이 바로 엄마였기 때문일 거야.

입영식은 간결하고 신속하게 진행됐어. 이제 남은 시간은 10분, 이 시간이 지나면 아들의 신분이 지금까지와 완전히 다른 것으로 바뀌지. 옆자리에 앉은 엄마가 홀짝거리며 울기 시작했어. 여기저기서 코를 들이마시는 소리도 들렸어. 엄마는 더 세게 어금니를 물었지만 소리로 새어 나오지 못한 열기와 물기가 치밀어 눈이 뜨거웠어.

"군 생활은 여러분에게 어떤 곳에서도 배울 수 없는 인간관계와 인내, 희생정신을 체득할 수 있도록 해줄 것입니다. 우리 모두 진짜 사나이로 다시 태어나서 부모님과 친구들 앞에 당당히 섭시다!"

"신병 부모님, 가족 친지 여러분! 아들을 맡기고 돌아가실 때 심려가 크실 것을 압니다. 걱정하지 마십시오. 우리 부대에서는 부모의 마음으로 정성을 다해 교육하고 따뜻한 훈육으로 잘 보살피겠습니다. 5주 후에는 이 자리에서 더욱 건강하고 의젓한 모습으로 다시 뵐 수 있도록 최선을 다할 것을 약속드립니다."

부사단장님의 말씀이 유일하게 믿고픈 약속이자 위로가 되는구나. 그 말씀 그대로 지켜지길, 엄마는 간절히 기대하고 기도해.

"끝으로, 사랑하는 아들을 지금까지 잘 키워주시고 국방의 의무를 다할 수 있도록 이끌어주신 부모님께 깊은 감사의 말씀을 드립니다."

결국엔 울컥, 참아왔던 눈물이 치솟고 말았네. 무엇이라고 한마디로 단정할 수 없는 복잡한 감정이 가슴속에서 소용돌이쳤기 때문이야. 엄마는 아무 말도 하지 못했어. 마지막 인사를 하러 다가온 너를 힘껏 껴안고 토닥이는 것밖에. 때로 할 말이 너무 많으면 아무 말도 할 수가 없지…….

"잘할게요. 나, 잘할 수 있을 것 같아."

그래, 엄마는 네가 속삭인 말만을 믿으려 한다. 내 아들, 넌 분명히 잘할 수 있을 거야! (7월 5일)

세상은 변함없이 굴러간다

밤새 뒤척거리다가 새벽녘 선잠이 들었지. 그리고 기억나지 않는 꿈에 시달리다가 문득 헤쩌 깨어났어. 기상나팔도 울리지 않았는데 정확히 아침 6시더구나. 엄마도 모르게 혼잣말을 중얼거렸어.

"혜준, 잘 잤니?"

누군가는 첫날 아침 눈을 뜨고 천장을 바라보는 순간 이곳이 자기 방이 아니라 훈련소라는 사실을 깨닫고 가슴이 철렁했다던데, 엄마는 궁금하구나. 너는 잠을 설치지 않고 잘 잤는지, 삼시 세끼를 제대로 소화시키고 있는지. 잘 자고, 잘 먹고, 낯선 환경에 적응하기까지의 조건은 어쩌면 이리도 단순하고 명료한지. 엄마가 가장 먼저 걱정하고 가장 많이 염려하는 것 또한 그 두 가지뿐이란다.

조용한 방에서 혼자 활개 치며 자던 네가 제한된 공간에서 여럿이 나란히 누워 잘 자려나? 식성이 특별히 까다로운 건 아니지만 며칠만 밖에서 사 먹어도 집 밥이 먹고 싶어 안달하는 네가 배식받아 먹는 밥에 양이 차려나?

군필자들의 이야기를 듣자니 그야말로 생존 본능인지 아무리 입이 짧고 예민한 사람도 군에서는 잘 먹고 잘 잔다고 하더구나. 그래서 뚱뚱했던 사람은 살이 빠지고 말랐던 사람은 살이 붙는다고. 넘치거나 모자랐던 것이 맞춤해진다니, 엄마는 간절히 그 이야기를 믿고 싶어.

잘 먹고 잘 자는 일이야말로 간단한 게 아니지. 어떤 거룩한 뜻과 명분만큼이나 중요한 일상이 잘 먹고 잘 자는 일로부터 시작되니 말이야. 조선 세종 대왕 때의 명장(名將) 김종서는 함경도에 침범한 여진족을 몰아내고 6진을 개척할 때 북방 변경에서 고생하는 군사들을 배불리 먹이는 일로부터 사기를 높였지. 철학자 니체는 잠을 잘 자는 것이야말로 일종의 '능력'이라면서 "낮에 열 번, 그대는 자신을 극복해야 한다. 그래야 적당히 피곤해지며 영혼은 그에 마춰된다"고 했지.

이쯤에서 아들이 고개를 절레절레 흔드는 모습이 눈에 보이는 듯하구나. 다른 사람들에겐 엄마가 작가이고 남다른 사람일지 모르지만 너한테는 그저 엄마일 뿐이니까, 엄마에게 잘난 척, 아는 척 좀 그만하라고 타박할 수 있는 사람도 오직 아들, 너뿐이지. 그래, 이쯤에서 너스레는 그만할게.

네가 떠나 있어도 세상은 변함없이 굴러간다. SNS 속 네 친구들의 일상도 무엇 하나 달라질 게 없지. 엄마도 그래보려 애썼어. 아들 없이 맞이한 첫날, 평소와 달리 지내면 더 우울할까 봐 꾸역꾸역 일상을 꾸려나갔단다.

아침에 일어나 채소 즙과 유산균 약을 먹고, 커피를 내리고, 청소기를 돌린 다음 체육관에 운동하러 다녀왔어. 오랜만에 해님이 얼굴을 내민 김에 세탁기를 돌리고, 빨래가 되는 사이에 지인들과 전화로 짧은 수다를 떨고, 마감이 임박한 원고 하나도 끝냈지. 무심한 아들이 평소에 별로 궁금해하지 않았던 엄마의 일상은 특별히 외출하는 날이 아니라면 늘 이것과 비슷했어.

하지만 결정적으로 달라진 게 있었어. 엄마의 몸이 마치 커다란 눈물주머니가 되어버린 듯 아무 곳에서나 아무것도 아닌 일에 눈물이 툭 떨어지는 거야. 아무렇지도 않은 듯 일상을 영위했지만 이십 년 전 '엄마'라는 이름을 얻은 후로 내 일상에서 너를 빼버릴 방도는 아무래도 없었으니까.

네 것과 같이 데우면 1분 30초 동안 돌려야 하는 전자레인지를 50초로 설정하고 채소 즙을 데울 때, 네가 어버이날 선물로 사준 커피 메이커로 커피를 내릴 때, 운동을 하러 가는 길에 동네 공원에서 유모차를 끌고 가는 젊은 엄마를 보았을 때, 심지어는 체육관에서 흘러나오는 시끄러운 댄스 음악에도 울컥 뜨거운 물기가 치밀어 오르곤

했단다.

빨래 통 한가득 네가 벗어놓은 옷들이 남아 있었지. 세탁 후 탈탈 털어서 옷걸이에 걸고 하나하나 손으로 구김을 펴 널었어. 엄마는 모든 걸 기억하지. 분홍색 티셔츠를 입고 치과에 갔던 너를, 하늘색 셔츠를 입고 공연장에 갔던 너를, 청 반바지를 입고 장어구이를 먹던 너를. 내 아들은 패션에 별로 관심이 없어서 엄마가 사주는 대로 걸치고 다녔지. 그런 네가 마지막으로 입었던 엄마의 옷은 곧 소포로 보내오겠지. 선배 엄마들의 말로는 그때 가장 눈물을 주체할 수 없다는데, 엄마도 과연 그럴까?

인생은 TV 드라마가 아니야. 평범한 삶엔 대단한 사건이나 줄거리가 없는 편이 나아. 드라마만큼 재미나고 극적이지 않을지라도 우리에겐 일상이 있으니까. 일상만큼 힘이 센 것은 없으니까.

아들아, 부디 잘 먹고 잘 자고 일상에 충실하렴. 숨 쉬는 순간순간 네가 그립다. (7월 6일)

동병상련의 위로

혜준아!

지금은 불러도 메아리 없는 이름이구나. 너는 아직 엄마가 쓰는 편지를 받아볼 수 없으니 말이야. 입소식 때 들은 얘기로는 일요일쯤 1차 주소가 나오고 다음 주 화요일에야 신체검사가 모두 끝나 최종 주소를 확인할 수 있다니, 그때까지는 일기를 쓰듯 혼잣말을 하듯 매일을 기록하는 것이 전부로구나.

너를 군에 보내고 엄마는 3개의 인터넷 카페에 가입했어. '군인아들부모님카페(군화모)', '운전병 부모들의 모임', 그리고 '충경 새내기 부대.' 35사단 신병교육대 카페인 '충경 새내기 부대'에는 아직 네가 속한 기수 방이 만들어지지 않아서 이 게시판 저 게시판을 기웃거리고만 있지.

오늘 넌 아침으로 버섯육개장과 게맛살어묵볶음과 맛김과 배추김치, 점심으로 된장국과 무생채와 찰보리 비빔밥과 총각김치와 달걀과 약고추장볶음, 저녁으로는 감자국과 쇠고기부추무침과 오징어채볶음과 배추김치를 먹었겠구나. 후식으로는 참외와 견과류 세트를 먹었을 테고 말이야.

신교대 카페에 게시된 '오늘의 식단'을 매일 확인해. 엄마가 카페에 가입했을 때는 6월까지만 식단이 올라와 있어서 지킴이님에게 7월 식단을 올려달라고 요청 글을 남겼지. 그러자 몇 시간도 지나지 않아 처리했다는 답변이 올라왔어. 카페가 잘 관리되고 있고 부대에서 신병 가족들과의 소통을 중요하게 생각하고 있다는 증거겠지.

누군가는 요즘 부모들은 극성이라 학교에서도 모자라 군대에서까지 치맛바람을 일으킨다고 지청구를 하더구나. 유난 떤다, 과잉보호다 흉을 보기도 하고, 군에서 너무 부모들 눈치를 보는 게 아니냐고 비판하는 사람도 있고 말이야.

하지만 낯선 곳에 자식을 보내놓고 노심초사하는 건 부모의 본능일 뿐이고, 그 애면글면하는 마음을 헤아려 어루만지는 것이야말로 얼마나 고맙고 다행한 일이겠니? 원활하게 소통하는 것과 규율이 흐트러지는 건 다른 문제야.

부대와 가족 친지가 소통할 방도가 없을뿐더러 소통할 시도조차 하지 않던 시절, 그때도 엄마는 자식을 걱정하며 군대에 보냈겠지.

인터넷으로 편지를 써서 당일 저녁 아들이 받아볼 수 있다는 건 꿈도 꾸지 못한 채 오직 무사 무탈하기만을 빌며 기도하고 또 기도했을 거야. 자식을 군에 보낸 부모들의 자발적 모임인 인터넷 카페는 현대의 비손(민속신앙에서 두 손을 비비면서 신에게 병이 낫거나 소원을 이루게 해달라고 비는 일)이나 마찬가지지. 정화수 물그릇 대신 모니터와 키보드를 앞에 두었다는 사실이 다를 뿐!

아들을 입대시키고 겪는 복잡하고 어지러운 마음의 요동을 그것을 겪지 않은 사람들과 나누기는 쉽지 않아. 비단 이 문제만이 아니라 사람이라는 존재는 어리석어서 자신이 겪지 않은 일은 좀처럼 이해하지 못하지. 경험이 가장 큰 스승이라는 말도 그래서 나온 걸 거야. 게다가 기쁨은 나누면 배가 되고 슬픔은 나누면 반이 된다는 말은 있지만, 냉혹한 현실 세계에서는 기쁨을 나누려면 질투로 돌아오고 슬픔을 나누려면 약점이 되어버리기 십상이지.

기쁨과 슬픔에 대한 번지르르한 말보다는 차라리 동병상련(同病相憐)이라는 말이 피부로 다가와. 아프니까, 아파봤으니까, 그 고통과 괴로움을 아는 사람들만이 서로를 가엽게 여기는 거지. 동정이라기보다는 연민이랄까, 연민은 인간이 인간에게 베풀 수 있는 가장 아름다운 감정일지도 몰라.

부모들의 인터넷 커뮤니티가 생각보다 방대해서 엄마도 아직 탐방을 끝내지 못했단다. 2006년에 만들어져서 10년차 카페가 된 '군화모'는 회원이 18,000명 이상이고, 2010년에 만들어진 '운전병 부모들의 모임'도 회원이 15,000명 이상이나 되니 말이야.

카페에는 갖가지 정보가 있어. 입소할 때와 면회 갈 때와 혹한기 훈련 때의 준비물을 비롯해서 장병들의 생활 복지 제도, 군인 철도 이용법, 군에서 아플 때 대처법 등과 군에 아들을 보낸 부모를 상대로 한 보이스 피싱 피해 사례까지……. 아, 하절기에는 기상 시간이 6시가 아니라 5시 30분으로 앞당겨진다는 사실도 거기서 알았지. 그야말로 경험을 통해 방대한 정보를 축적해낸 '집단 지성'의 현장이야.

정보 자체보다 중요한 건 아들을 떠나보낸 후 불안하고 외로운 엄마들이 마음을 나누며 서로 위로하고 격려하는 거야. 누가 다쳤다는 소식을 들으면 자기 자식이 다친 듯 애를 태우고, 누가 포상을 받았다는 소식이 올라오면 다들 내 자식이 상을 받은 듯 기뻐하며 축하해. 어디에 살고 무얼 하며, 배우고 못 배우고 가지고 못 가진 경계까지도 까마득히 사라지고 모두가 '엄마'라는 이름으로 하나의 마음인 게지.

'치맛바람'이라는 말은 자기 자식만 생각하는 일그러진 이기적 애정을 비꼬는 말이지. 하지만 새까만 얼굴에 군복을 입고 있다는 사실만으로 생면부지의 청년에게 빵과 음료수를 사 안기고, 훈련소 수료식 때 찾아오는 가족이 없는 '아이'를 대신 거둘 방법은 없느냐고 묻는 엄마들이 극성이면 얼마나 극성이고 유난스러우면 얼마나 유난스럽겠니? 그런 극성과 유난이라면 엄마도 얼마든지, 누구보다 열심히 부리고 싶어.

혜준아!

엄마는 영원한 네 편이야. 세상의 어떤 싸움에서도 네게 원군(援軍)이 있음을 잊지 마렴. 사랑하는 만큼, 엄마도 더 강해질게. (7월 7일)

울보가 되어버린 엄마

외로움에 길들여진 아이는 울지 않아. 엄마가 지금껏 그래왔거든. 나는 남들보다 눈물이 없는 편이라고, 그렇게 믿었어. 어지간히 억울하거나 분하지 않으면 울지 않았지. 아무리 슬픈 소설을 읽고 영화를 보아도 공감 능력이 떨어지는 사람처럼 부숭부숭한 눈을 비볐어.

그런데 너와 헤어지고 나서 엄마는 갑자기 울보가 되어버렸어. 오히려 입소식을 하던 날이나 그 며칠 후까지는 아무렇지 않았지. 아무렇지 않아서 내심 당황스럽기도 했어. 한데 이게 웬일일까? 서서히 시간이 지나 비로소 너의 부재가 확연해지는 순간부터 고장 난 수도꼭지처럼 눈물이 새기 시작했어.

그렇다고 시도 때도 없이 펑펑 울진 않아. 누구 말대로 지금껏 몽땅 내 차지였던 자식 관리를 나라에서 맡아 해주는데 그렇게까지 서러운 까닭이 무어야? 다만 이따금 명치 언저리 어디쯤에서 울컥울컥 뜨거운 기운이 치밀어 올라 찔끔거리네. 길을 가다가도 찔끔, 일하다가도 찔끔, 텔레비전을 보다가도 찔끔, 멍때리고 있다가도 찔끔.

네가 까까머리에 썼던 모자를 써 봐.
입영식 하던 날 네가 썼던 우산을 펼쳐 봐.
군 정지 신청을 해서 끊긴 휴대폰을 만지작거리며,
네가 먹다 남기고 간 음료수를 한 모금 마셔 봐.
네 머리에 맞춤하던 모자는 헐렁하고,
우산은 이제 물기 없이 말랐고,
휴대폰은 먹통이고,
음료수는 김이 빠져버렸네.

그리고 또 찔찔 울어. 문득 생각해보니 엄마의 모습이 꼭 실연당한 사람 같구나. 가끔은 주변 사람들에게서 아들에 대한 엄마의 사랑이 너무 커서 네게 여자 친구가 생기지 않는 게 아니냐고 핀잔을 듣기도 했지만, 네가 '모태 솔로'인 것을 '모태'에게 탓한다면 너무 구차하지 않겠니? (농담이야, 웃어줘.)
다만, 엄마의 사랑과 연인의 사랑을 비교한 노래 하나가 생각나는 구나. 언젠가 엄마가 네게도 들려준 적이 있는 이야기야.

어떤 청년이 사랑에 빠졌다네.

그런데 여자는 청년에게 사랑의 징표로 어머니의 심장을 가져올 것을 요구했지.

터무니없게도 심장을 자기 개에게 먹이로 주겠다며, 그래야 그 밤에 청년과 데이트를 하겠다고 약속했지.

사랑에 눈이 먼 청년은 집으로 달려가 어머니를 죽이고 심장을 도려냈어.

그리고 연인을 만날 기쁨에 넘쳐 미친 듯이 달려갔지. 눈에 보이는 게 없어 흉악한 일까지 저지른 그가 발밑의 돌부리를 미처 보았을 리 없지.

쿵. 청년은 길바닥에 철퍼덕 넘어졌어. 데굴데굴, 그 바람에 손에 쥐었던 심장이 저만치로 굴러갔지. 그때 붉은 피를 뚝뚝 흘리던 어머니의 심장이 다급하게 외쳤어.

"사랑하는 아들아, 다치지 않았느냐?"

프랑스 시인 장 리슈팽(Jean Richepin)이 쓴 소설에 등장하는 〈어머니의 심장〉이라는 노래의 내용이란다. 이야기의 원본은 아라비아의 민간설화에 뿌리를 두고 있으리라 추측한다지. 〈어머니의 심장〉은 모성애에 대한 세상에서 가장 가슴 아픈 이야기로 알려져 있어.

물론 어머니의 성스러운 사랑을 드높이기 위해 아들의 연인을 변태적인 악녀로 만들어버린 작자의 의도가 불측하게 느껴지긴 해. 또한 모성애라는 거룩한 이름의 그늘 아래 폭력이나 학대 따위의 문제점을 모두 묻어버리는 '가족 판타지'의 혐의도 무시할 수 없고.

하지만 이 엽기 스토리에서 가장 괴이하고 놀라운 건 살인을 부추기는 연인이라기보다 살해를 당하면서까지 자식을 미워하지 못하는 어머니의 마음이지. 그 사랑이야말로 본능이면서 본능을 뛰어넘는 일이거든.

우리 모자가 보통의 엄마 아들 관계와 좀 다른 것은 인정하지 않을 수 없어. 네가 초등학교 3학년 때 한국을 떠나 캐나다로 가면서 엄마와 너는 둘만의 가족을 만들었지. 엄마의 원칙은 네가 미성년자일 때까지 사적인 부분을 공개하지 않는 것이었지만, 너를 보호하기 위한 것이었을 뿐 부끄럽거나 두려워서는 아니었어. 세상의 기준과 남들의 시선에 아랑곳없이 우리는 함께 가족을 지키며 열심히 살아왔으니까.

하지만 겉보기야 아무리 씩씩해도 너는 남모를 상처를 받았을 테고 엄마는 그런 너를 지키기 위해 더욱 필사적으로 세파를 헤쳐 나갔어. 우리는 서로에게 많이 의지했고, 네가 엄마에게 의지한 만큼 엄마도 네게 많이 기댔단다. 네가 있어서 덜 외롭고 덜 힘겨웠고, 네가 있어서 더 기운차고 더 행복했지. 어쩌면 엄마만의 생각일지도 모르지만 우리는 엄마와 아들의 관계를 넘어서 친구이자 전우(戰友)였어.

지금까지의 싸움에서 엄마를 엄호해줘서 고마워. 지금까지는 엄마가 지원 사격을 했지만 언젠가는 아들, 네가 엄마의 든든한 뒷배가 되어주겠지. 그래서 엄마는 더 이상 외로워도 외롭지 않아.

슬플 때는 달콤하거나 매운 걸 먹고 싶더라. 오늘 나온 간식은 아이스크림이었지? 엄마도 뱃살이 찌는 위험을 무릅쓰고 네가 남기고 간 아이스크림을 먹어야겠다. 보고 싶다, 내 아들! (7월 8일)

고요한 집, 적막한 세상

입소한 후 맞이하는 첫 주말이구나. 주말이면 교육이나 훈련을 쉬는지, 어떤 활동을 하는지 궁금해하던 차에 몇 해 전 국방TV에 방영되었던 〈훈련병의 품격〉이라는 짧은 영상이 유튜브에 올라와 있는 걸 발견했어. 꼭 알고 싶었던 내용이라 어찌나 반갑던지 전체 30편 중에 연달아 10편 넘게 보았단다.

얼마 전까지 네 학사 일정이 적혀 있던 탁상 달력에 신병교육대의 일정을 빼곡히 적었어. 입소식 이후 신체검사, 예방 접종, 인적성 검사, 전투복 착용과 총기 지급 과정을 거쳐 오늘은 교육을 받는 중이겠구나. 선배 엄마들이 말하길 아이에게나 엄마에게나 훈련소에 있는 시간이 가장 천천히 흐른다더니 정말이었네. 이제 겨우 닷새가 흘렀을 뿐인데 입소식장에서 헤어져 언덕을 올라가던 네 뒷모습이 아슴아슴하다.

소문내지 않아도 우리 동네 사람들은 다 알 거야.

"저 13층 아들 녀석이 드디어 군대에 간 모양이로구나!"

이른 아침과 저녁 9시 이후의 시간을 빼고 틈날 때마다 피아노 반주에 노래를 불러젖히던 네가 없으니 동네가 다 조용할 수밖에.

"아이고, 시끄러워죽겠다! 제발 노래 좀 그만 부를 수 없니?"

민폐를 줄여보고자 임시방편으로 베란다 문과 방문까지 전부 닫고 노래를 부르면 소음 공해에 시달리는 건 비자발적 청중, 엄마뿐이었지. 음악을 특별히 즐기지 않을뿐더러 아무 소리도 들리지 않는 조용한 상태에서 작업해야 하는 엄마로서는 네 유난한 취미에 고약한 꾸중으로 반응할 수밖에 없었어. 그러니 네가 없는 우리 집, 우리 아파트, 우리 동네는 얼마나 고요한지!

훈련이 얼마나 힘들까, 네가 잘 견뎌낼까 하는 것만큼이나 큰 걱정이 또 하나 있지. 음악이 없는 곳에서 노래를 듣지도 부르지도 않고 네가 어떻게 지낼까 하는 거야. 그만큼 너는 음악을 너무도 사랑해서 음악에 푹 빠진 채로 생활해왔으니 말이야.

오늘은 네가 가입했던 음원 사이트의 정기 결제가 끝나는 날이라서 부탁한 대로 결제를 해제하기 위해 홈페이지에 들어갔단다. 그러면서 보니 플레이 리스트에 네가 입대하기 직전까지 들었던 노래들이 들어있구나. '최근 들은 곡'으로 정렬해보니 맨 위에 세 곡, 언니네 이발관의 〈혼자 추는 춤〉, 김장훈의 〈슬픈 선물〉, 그리고 박효신의 〈해 줄 수 없는 일〉이 떠오르네.

　네가 듣던 노래를 재생시켜 본다. 뒤의 두 곡은 알던 노래지만 네가 최근에 관심을 갖고 듣는다던 인디밴드 언니네 이발관의 노래는 처음 듣는 거로구나. 〈혼자 추는 춤〉은 훈련소에 들어가기 직전 임실에 도착해서 점심을 먹을 때 네가 SNS에 이별 인사와 함께 올렸던 곡이지.

　　왜 이따위니 인생이 그지
　　그래서 뭐 난 행복해
　　난 아무것도 아냐 원래
　　의미 없이 숨 쉴 뿐이야
　　나는 매일 춤을 추지 혼자
　　그래서 뭐 난 괜찮아
　　할 수 있는 일이 없지
　　그저 하루 하루 견딜 뿐이야
　　하루에도 몇 번씩 난 꿈을 꾸지
　　여기 아닌 어딘가에 있는 꿈을
　　(…)
　　작은 희망들이 있는 곳
　　내가 사랑할 수 있는 곳

내가 살아가고 싶은 곳

누구도 포기 않는 곳

한 사람도

나 그런 곳을 꿈꾸네

누구도 그런 곳을 꿈꾸네

다들 여기 아닌 곳에 있고 싶어

한 사람도 포기하지 않는 곳에

끝까지 포기 않는 곳

하루도 빠짐없이 피아노를 치며 노래하던 아들이 없으니 세상이 너무 적막하구나. 그저 네가 좋아하는 노래들을 들으며 네가 꾸는 꿈과 바라는 세상을 상상해. 노랫말만큼이나 순수하고 아름다운 영혼을 가진 내 아들이 부디 뜨거운 계절을 잘 견디고 더 깊게 무르익어 돌아오기를.

어쨌거나 군가를 배우는 시간이 오면 버스킹 동아리의 멤버로서 열정만은 단연 최고 보컬이었던 네 실력을 마음껏 뽐낼 수 있겠구나. 네가 부르는 모든 노래에 혼신을 다하는 모습이 눈앞에 그려지는 듯해 엄마는 빙그레 웃는다.

혜준!

날씨가 덥다. 너무 덥다. 엄마의 휴대폰 첫 화면에 설정한 임실읍의 오늘 최고 기온은 33도로구나. 넌 어렸을 때부터 땀이 많아서 한

여름이면 찹쌀떡처럼 땀띠분을 하얗게 뒤집어쓰고 지냈는데, 땀띠가 나서 고생하지 않을까 걱정이다. 다음 주에 주소 나오면 반입이 가능하다는 폼 클렌징이랑 같이 땀띠 로션을 보내줄 테니 잘 씻고 잘 바르렴. 모쪼록 건강, 건강에 유의하길. (7월 9일)

걱정은 숙명

인터넷 카페 '충경 새내기 부대'

오, 드디어!

'충경 새내기 부대' 카페에 기다리고 기다리던 생활관 편성표와 사진이 올라왔구나. 볼일이 있어 외출했다 돌아오는 길에 게시물을 확인하고 얼마나 기뻤던지, 사진 속의 네가 활짝 웃는 모습을 보고 엄마는 거의 날듯이 뛰어왔어!

아들아, 고맙다. 잘 지내는 것 같아서, 건강해 보여서. 이제 네게 이 편지가 닿을 거라는 생각만으로 엄마는 너무도 행복하구나.

건강한 모습은 사진으로 확인했지만, 연일 폭염이 온 나라를 끓이는데 그곳 생활관은 냉방이 잘 되는지 궁금하구나. 35사단 신교대는 최신 시설이라 사정이 나을 거라고 기대하고 있지만 최소한 잠이라도 설치지 않고 잘 잤으면 좋겠다.

더위를 많이 타는 네가 고생할 걸 생각하니 1학기 끝나자마자 허송세월하지 않고 빨리 입대하는 편이 낫다고 서둘렀던 게 조금 후회스럽기도 하구나. 그런데 여름이 아니라 겨울이었다면 또 추위에 고생할 일을 걱정했을 거야. 키가 닿지 않는 포도나무 아래서 입맛을 다시며 "저 포도는 맛없는 신 포도일 거야!"라고 되뇌는 우화 속의 여우처럼, 그래도 추위보다는 더위가 낫다고 스스로를 달래본다.

신병교육대에서는 일요일에 종교 활동을 한다고 했지? 아들은 법당, 교회, 성당 중에 어디로 갔을까? 성당에서 유아 세례를 받긴 했지만 실질적인 종교 생활은 하지 않는지라 법당과 교회와 성당을 고루고루 다녀보고 싶다고 했지. 물론 염불보다는 잿밥이라고, 예불과 예배와 미사가 끝나면 나눠 주는 '떡고물'이 무언가에 따라 없던 신심이 불현듯이 생겨날지도 모르지만 말이야.

엄마는 오늘 낮에 입대하기 하루 전 너와 함께 백팔 배를 했던 동네 사찰 '보광사'에 들렀어. 예불이 끝난 오후라 절은 그야말로 절간 같고 백중 기도를 하는 몇몇 신도들만 남아 있더구나. 대웅전의 부처님 앞에서 손을 모으고 무릎을 꿇고 머리를 조아리며 절을 했어. 엄마의 기도는 오직 한 가지뿐이야. 너와 함께 절을 하며 바쳤던 소원, 부디 아들이 무사 무탈하게 군 복무를 마치고 돌아올 수 있도록 도와달라고, 보살펴달라고 빌고 빌었지.

너도 알다시피 엄마는 그리 종교적인 사람이 아니야. 농담 반 진담 반으로 '독실한 무신론자'라고 말하곤 하지만, 너와 마찬가지로 절에 가서는 절을 하고 교회와 성당에 가서는 기도를 하니 무신론자로서도 독실하지 못한 건 매한가지. 다만 엄마는 종교라는 이름으로 통칭되는 모든 신앙의 간절함을 존중해. 약하고 어리석은 인간으로서의 무력감을 부처든 하느님이든 하나님이든 알라든 어떤 절대자에게 의탁하려는 시도는 자연스러운 본능이기도 하지.

아마도 신이 없다면, 인간은 너무 외로울 거야. 물론 신은 모든 곳에 있을 수 없고 모든 인간과 함께할 수 없어서 대신 어머니를 만들었다는, 무섭고 아름다운 유대의 속담도 있지만 말이야.

백팔 배를 하고 팍팍한 다리를 쉬며 대웅전 한 구석에서 경(經)을 읽었어. 그중에서 엄마가 네게도 읽어보라 권했던 「보왕삼매론」의 글귀가 돌올하니 눈에 들어오는구나.

몸에 병이 없기를 바라지 말라.
몸에 병이 없으면 탐욕이 생기기 쉽나니,
그래서 부처님께서 말씀하시되, '병고로써 양약을 삼으라'고 하셨느니라.

세상살이에 곤란 없기를 바라지 말라.
세상살이에 곤란이 없으면 업신여기는 마음과 사치한 마음이 생기

게 되나니,

그래서 부처님께서 말씀하시되, '근심과 곤란으로써 세상을 살아가라'고 하셨느니라.

남이 내 뜻대로 순종해주기를 바라지 말라.
남이 내 뜻대로 순종해주면 마음이 교만해지게 되나니,
그래서 부처님께서 말씀하시되, '내 뜻에 맞지 않는 사람들로써 원림(園林)을 삼으라'고 하셨느니라.

어떤 힘든 일에 직면했을 때 사람들은 흔히 왜 이런 시련이 자기에게 닥쳤는지를 원망하고 억울해하기 마련이지. 하지만 역경이야말로 자기를 돌이켜보고 들여다보고 새로이 배우는 기회임이 분명해. 병이 없다면 건강을 잃으면 모든 걸 잃는다는 사실을 모른 채 한정 없이 욕심을 부렸을 테고, 곤란한 일을 겪어보지 않는다면 약하고 힘없는 사람들의 고통을 이해하지 못해 오만 방자했을 테니 말이야. 작은 역경을 견뎌낸 경험이 있어야 큰 장애 또한 이겨낼 수 있으니, 「보왕삼매론」은 병과 곤란 같은 역경이야말로 부처를 이루기 위한 '법왕(法王)의 큰 보배'라고까지 부른다.

너도 지금 그리고 앞으로 절실하게 느끼겠지만, 군 생활이 힘들다는 건 훈련이나 임무가 어렵고 힘들다기보다 집단생활을 통해 사람과 부딪히는 게 힘들다는 뜻일 게야. 그건 비단 군대만이 아니라 모든 조직에서 마찬가지로 작용하는 논리지.

신교대나 수송교육대나 자대 배치를 받은 후에나 네 마음에 들지 않는 동기, 선임, 후임이 분명히 있을 거야. 그들을 무작정 피하거나 그들에게 네 마음에 들기를 강요해서는 안 되겠지. 「보왕삼매론」에서 말하는 원림, 정원의 나무들이란 결국 반면교사(反面教師), 부정적인 면을 통해서 깨달음이나 가르침을 주는 스승이니까.

낯선 환경에 적응하느라 아직은 '난 누군가, 여긴 어딘가?'의 수준에 머물러 있겠지만, 청춘의 빛나는 시절에 한 페이지를 차지할 군이야말로 '난 누군가, 여긴 어딘가!'를 깊게 고민할 수 있는, 너 자신에게 가장 진지하게 몰두할 공간이기도 할 거야.

사랑하는 내 아들!

몸만큼이나 마음도 건강해지고 부쩍 자라서 다시 만나길, 엄마는 간절히, 간절히 기도할게. (7월 10일)

걱정은 훈련 일정을 따라

어제 인터넷 카페에 올라온 주소와 사진을 보고 나서 엄마는 오랜만에 깊고 달게 잤단다. 아침에 일어나자마자 사진 속 네 얼굴을 뜯어보아 밝은 표정을 확인하고, 네 곁에 어깨동무를 하고 선 16생활관 동기들도 하나하나 다시 보았지. 1명의 아들과 17명의 아들 동기가 18명의 내 아들인 양 애틋하구나. 살아온 내력이나 배경은 각각 다르겠지만 그 다름을 아는 것 또한 삶의 큰 배움일 게야. 어쩌면 온실 속의 화초처럼 살아온 네 삶을 돌아보는 계기가 될 수도 있을 테고.

입영식 때 받은 안내지에 '주차별 신병 교육 일정'을 보면, 신체검사가 끝나고 1~2주 차에는 경계, 화생방, 구급법, 체력 단련, 제식 훈련이 실시된다네.

훈련이야 계획대로 받겠지만 날씨가 너무 더워서 고생이 크겠구나. 서울엔 폭염주의보가 몇 번이고 내렸는데, 재난 문자를 받을 때마다 엄마는 내 정수리에 내리쬐는 땡볕보다 멀리 임실의 뙤약볕을 생각해.

내 아들은 얼마나 더울까? 훈련장의 뜨거운 흙과 철모 밑으로 흘러내리는 비지땀과 온몸을 휘감을 끈끈한 먼지를 생각하면 아무리 더워도 엄마는 에어컨을 켜지 못하겠어. 얼음을 씹으며 부채를 부치는 것도 미안해 쉬이 못하겠어. 땀을 삐질삐질 흘리며, 가끔씩 눈물도 섞어 흘리며, 엄마는 온종일 너를 걱정한단다.

걱정이야말로 엄마의 숙명이지.

엄마들은 밥만큼이나 중요한 걱정을 하기 위해 태어났는지도 몰라.

자식을 입대시킨 부모들의 커뮤니티도 결국 혼자 하는 걱정을 함께 하기 위해 만들어진 거나 진배없으니, 엄마들의 걱정 목록은 다양하다 못해 기발하기까지 해.

훈련소에서는 긴장해서 며칠 동안 변도 못 본다니 걱정,

입대 직전까지 송별회라며 친구들이랑 술을 퍼마셨으니 신체검사에서 이상이 나올까 걱정,

게임하기에 바빠 낮밤을 바꿔 살더니 아침 기상이나 제대로 하려나 걱정,

단 한 번 제 손으로 제 방 청소도 안 해본 녀석이 관물대 정리를 잘하려나 걱정,

버섯, 미역, 해산물 등등 가려 먹는 음식이 많은데 배나 곯지 않을까 걱정,

군대에서는 축구 잘하는 게 최고라던데 운동신경이 둔해서 걱정,

군복에 바느질도 해야 한다는데 손이 곰손이라 걱정,

동기들과 어깨동무하고 찍은 사진에 녀석 혼자만 무표정이라서 걱정,

귀찮은 건 딱 질색이고 민첩하지도 못한 녀석이 분대장을 맡았다니 걱정,

각개 전투 하는 날에 폭우가 쏟아진다니 진흙투성이가 될 걱정,

무릎이 시원찮은 아들이 행군에서 낙오하지 않을까 걱정,

너무 속이 깊어 아무리 힘들어도 내색하지 않으니 문제가 생겨도 숨길까봐 걱정,

너무 뚱뚱해서, 너무 말라서, 너무 키가 커서, 너무 몸집이 왜소해서 걱정,

더우면 더운 대로, 추우면 추운 대로, 비 오면 비 오는 대로, 눈 오면 눈 오는 대로 날씨 걱정.

이 중 몇 가지는 마냥 웃으면서 읽을 수 없어. 남들이 보기엔 터무니없이 사소하고 우스워 보여도 자기 아들 문제가 되면 심각해질 수밖에 없지.

엄마도 운동신경이 둔하고 손재주가 없는 네가 전투화 끈이나 제대로 묶을까, 군복이나 제대로 꿰맬까 걱정되어 닦달해가며 운동화 끈 묶기와 바느질 연습까지 시키지 않았니? 사실은 지금도 그게 제일 걱정된단다. 신고 벗을 때마다 몇 번이나 전투화 끈을 묶었다 풀었다 해야 할 텐데 잘하고 있는지, 꾸물거리다 늦어서 혼이 나지나 않는지. 세월아 네월아 밥상 앞에서 떠날 줄 모르던 녀석이 정해진 시간 내 허겁지겁 먹느라 밥이나 제대로 삭이는지…….

걱정걱정하는 엄마를 보고 누군가는 지나친 노파심이라고, 그러면 아들이 나약해진다고 나무랐어. 정말 그런가? 움찔, 멈추고 고민을 했지. 행여 사랑이라는 이름으로 월권을 행사해 아들의 성장을 방해하고 있는 건 아닐까?

하지만 인터넷 카페에 옹기종기 모여 함께 걱정을 나누던 엄마 중 한 사람이 기막힌 표현을 했어. 엄마들의 걱정이야말로 울타리라고, 울타리가 되어 우리 아들들을 지켜줄 거라고.

젖먹이 아이에게서는 몸을 떼지 말 것.
어린아이에게서는 몸은 떼되 손은 떼지 말 것.
소년에게서는 손을 떼되 눈은 떼지 말 것.
청년에게서는 눈은 떼되 마음은 떼지 말 것.

지금 낯선 벌판에서 홀로 바람에 맞선 널 시시각각 확인할 순 없어도, 엄마의 걱정이 마음의 울타리가 되어 아들을 지켜줄 거야. 정말로 그럴 수 있다면, 엄마는 사랑하는 너를 위해 얼마든지 더 많이 더 깊이 걱정할 거야. (7월 11일)

그러게 말입니다

어젯밤 비가 온 뒤로 아침 기온이 좀 떨어졌네. 임실 날씨를 보니 온종일 흐리고 비 예보던데 신병들은 오늘 어떤 일정을 소화할지 궁금하구나.

날씨가 덥고 습하면 불쾌지수가 높아서 사소한 일에도 짜증이 나기 마련인데, 이때 단체 생활을 하다 보면 이런저런 갈등이나 충돌이 빚어지기도 할 거야. 그래도 혜준, 너는 자기 목소리를 높이기보다 남의 목소리에 먼저 귀를 기울이는 아이였으니 관계의 압력이 높은 상황에서도 적절히 대처하고 있을 거야. 엄마는 아들이 엄마가 지어준 이름처럼 지혜로우리라 믿어.

"부모님은 왜 우리를 사랑하실까요?"

언젠가 초등학교 '슬기로운 생활' 시험 문제에 어떤 어린이가 쓴 답이 인터넷에서 화제가 되었지. 그 깜찍하고도 능청스런 친구는 삐뚤삐뚤한 글씨로 이렇게 답을 썼더구나.

"그러게 말입니다."

엄마가 네게 이 '유머'를 보여준 후로 우리도 가끔씩 이런 문답을 하곤 했지.

"엄마는 왜 혜준을 사랑하실까요?"

"그러게 말입니다."

그런데 낄낄거리며 주고받던 이야기가 곱씹을수록 단순한 우스갯소리가 아니라는 생각이 드네.

왜 나는 너를, 엄마는 아들을, 이토록 세상의 어느 사랑과도 비교할 수 없는 깊고 진한 빛깔로 사랑하는 걸까?

그저 단순한 동물적 본능일까?

"아이고, 내 새끼! 아이고, 내 새끼!"

할머니가 엄마나 삼촌한테 그랬던 것처럼 너를 보면 절로 그 말이 방언처럼 터져 나오곤 했어. 분신(分身)이라는 말 그대로 너는 내 살과 내 피와 내 뼈를 덜어 나온 숨탄것이니까.

동물적 본능이라는 게 이성적이지 못하다는 뜻도 가지고 있지만 꼭 폄하해 쓰일 말만은 아니야. 비록 미물이지만 새끼를 보호하기 위해 스스로를 희생하거나 천적에게까지 맞서는 어미들을 보면 그 위

대한 본능에 숙연해질 수밖에 없지.

네가 갓난아기였을 때 기저귀에 평소와 다른 색이나 질감의 변이 묻으면 엄마는 냄새를 맡아보고 손으로 문질러 이물질이 들어 있지 않은지를 확인하다 못해 찍어서 맛까지 보지 않았겠니? 동물로서 동물적 본능을 한껏 발휘한 게 아니고서야 어떻게 제정신으로 똥을 찍어 먹을 수 있을까?

하지만 이런 본능조차 모두에게 공평하게 작용하는 건 아닌 것 같아. 부모가 남만도 못하게 자식을 학대하는 무서운 뉴스가 연일 끊이지 않는 걸 보면. 그래서 그런 뉴스를 보고 사람들은 말하지. 인두겁을 쓴, 짐승만도 못한 것들이라고.

때로는 사랑을 '교환' 개념으로 생각하는 사람들도 있어. 네가 주니까 내가 주고, 내가 주니까 네가 주는 거라고. 심지어는 부모 중에서, 아마도 반절쯤은 농담이겠지만, 자식에게 '투자'하는 거라고 말하는 사람도 있지.

교환에는 '얼마만큼'이라는 양적인 요소가 포함될 수밖에 없어. 부모에게서 아무것도 받지 못했기에 돌려줄 것도 없다고, 자식이 아무것도 해주지 않으니 주지도 않겠다고 한다면, 그건 상거래겠지. 상거래엔 상도덕이 필요할 뿐, 사랑은 아니야.

물론 교환이 오로지 물질적인 것을 주고받는 것만을 뜻하지는 않겠지. 자식들은 태어나 세 살이 될 때까지 평생 할 효도를 거의 다 한다는 말이 있듯, 그야말로 아무것도 자기 힘으로 하지 못하고 그저 누워서 먹고 자고 싸는 일이 전부였을 때가 가장 예쁘고 사랑스러웠던 걸 보면 말이야.

공부를 잘해서, 착해서, 말을 잘 들어서 사랑하는 게 아니었지. 그냥 네가 거기 있다는 게 좋았어. 그 작은 눈과 코와 입을 쭝긋거리며 엄마 배 속에서 보았던 세상을 기억하는 듯 배냇짓하며 웃는 게 너무도 신비롭고 사랑스러웠어. 네가 살아 있는 걸 확인하며 나도 살아 있다는 걸 느꼈지. 아무것도 받지 못한 채로 세상에서 가장 큰 것을 받았지.

그래, 그래서 엄마는 너를 사랑해.

까닭을 알 수 없는 불안과 두려움 때문에 어떤 사랑도 쉬이 믿지 못했던, '사랑'이라는 말을 입 밖으로 내는 것조차 회의적이었던 내게 진정한 사랑을 가르쳐준 사람이 너였기 때문이야. 눈곱만큼의 의심도 없이 나는 너를 사랑한다고 말할 수 있지. 유행가 가사처럼 신파조의 연극 대사처럼 내 목숨보다 더 사랑한다고 맹세할 수 있지.

네가 머리가 컸다고 고분고분 말을 안 들어도, 바짝바짝 속을 썩여도, 엄마가 해준 게 뭐냐고 바락바락 대들어도, 네가 내게 사랑이 아니라면 다른 어떤 무엇일 수도 없으니.

요즘 엄마의 휴대폰 화면은 어느 때보다 깨끗하단다. 네가 입소 직전 찍어 SNS에 올린 사진을 휴대폰 배경 화면으로 깔아놓고 하루에도 몇 번씩 만져보고 쓸어보기 때문이야.

혜준, 고마워! 내가 너를 사랑하게 해줘서.

설령 그게 짝사랑에 불과할지라도, 엄마라는 이름으로 영원히 사랑하게 해줘서. (7월 12일)

까까머리 아들들

오늘 인터넷 카페 '충경 새내기 부대'에 16-10기 최종 생활관 편성 표가 올라왔구나. 생활관이 변경된 훈련병은 2명뿐이고 나머지는 모두 이전에 편성되었던 생활관에 안착했네. 아들의 이름을 다시 한 번 확인하다 보니 전에 없던 조 이름이 새로 만들어졌구나.

일기당천(一騎當千): 한 사람의 기병이 천 명을 당한다. 무예나 능력 이 아주 뛰어남을 비유.

누가 지었는지는 모르겠지만 내 아들의 일주(日柱)가 경오(庚午), 흰 말[馬]이니 기막히게 잘 어울리는 조 이름이구나! '다시 천고의 뒤 에/ 백마 타고 오는 초인이 있어/ 이 광야에서 목 놓아 부르게 하리라'는 이육사의 시 「광야」의 한 구절도 떠오르고 말이야.

앞으로 행군 등 조별로 움직이는 활동이 많을 텐데, 부디 조원들과 협력해서 훈련 잘 받길 바란다.

편성표 말고도 선물이 또 있구나. 연일 계속되는 폭염 속에서 훈련받을 아들 걱정에 노심초사하는 가족들을 위해 중사님께서 훈련병들이 강당에 모여 체조하는 모습을 사진으로 올려주셨네. 외부 훈련이 꼭 필요한 상황이 아니면 한더위를 피해 실내에서 훈련을 진행한다는 사실을 눈으로 직접 확인하게 해주시니 그 작은 배려만으로도 얼마나 감사한지!

그런데 똑같은 까까머리들이 마스크까지 쓰고 도열해 있으니 누가 누군지 식별하기란 불가능하구나. 하지만 그 불가능한 '숨은 그림 찾기' 끝에 부모들은 자연스럽게 자기 아들만이 아닌 사진 속의 모든 아들을 부르기 시작했어.

"우리 아이들 이렇게 지내는군요. 한결 마음이 놓입니다."

"다 제 아들인 것 같습니다. 아들들 모두 잘하리라 믿는다!"

"울 아들들 모두 무탈하고 건강하게 훈련 잘 마치고 마무리되길 바랍니다!"

눈물주머니가 되어버린 엄마는 엄마와 닮은 엄마의 말에 또 한 번 울컥하네. 아들을 위해 기도하는 엄마들의 마음은 언제나 하나 같구나.

그러고 보니 네가 신병교육대에 입소한 지 꼬박 일주일이 지났네.

까마득한 시간이 흐른 것만 같은데 일주일밖에 안 지났다니!
손 흔들며 헤어진 게 엊그제 같은데 벌써 일주일이나 지났다니!

네 심정은 둘 중 어떤 쪽인지 궁금하구나. 엄마는 전자에 좀 더 가깝지만 후자이기 위해 노력하고 있어. 국방부 시계는 명품이라 땅속 깊이 묻어놓아도 고장 나지 않고 일 분 일 초 어김없이 간다지만, 낯선 그곳에서 겪는 새로운 시간들은 어떤 마음이냐에 따라 그 속도가 다르게 느껴질 게야.

이 또한 지나가리라!(Soon it shall also come to pass!)

유대교의 경전 주석서인 『미드라쉬(Midrash)』에 나오는 '다윗 왕의 반지' 일화에서 현자 솔로몬이 세공사에게 가르쳐준, 전쟁에서 승리를 거뒀을 때 오만하지 않고 패배를 겪었을 때 좌절하지 않도록 하는 글귀가 바로 이거였지. 이 경구는 미국의 링컨 대통령과 김연아 선수의 좌우명이면서, 엄마가 중학생이던 너와 함께 백두대간 남한 구간 632킬로미터를 종주하고 쓴 책의 제목이기도 하고 말이야.

분명 똑같은 24시간, 1,440분, 86,400초임에도 월요일과 일요일의 체감 시간이 같을 수 없고, 축제 기간과 시험 기간의 체감 시간이 같을 수 없지.

즐거운 시간은 언제 그만큼이나 지났는지 알아채지 못할 만큼 빠르게 흐르니까, 그래서 시간을 확인하는 잠시 잠깐조차 아까워 "행복한 사람은 시계를 보지 않는다"는 속담도 있고 말이야. 그런데 힘겨운 시간은 아주 천천히 흘러서 아무리 거듭해 들여다보아도 시계의 분침과 초침조차 거의 움직이지 않는 것만 같지.

어느 때라도 그 모두가 지나간다는 사실만은 변치 않아. 기쁨도 지나가고 슬픔도 지나가지. 행복도 지나가고 불행도 지나가지. 아무리 놓치고 싶지 않은 순간도, 벗어나고 도망치고 싶은 순간도, 결국엔 지나가서 과거의 일이 되어버리니까.

기실 이 지혜로운 말은 승리보다는 패배했을 때, 즐겁고 행복할 때보다 힘들고 괴로울 때 더 위력을 발휘하는 것 같아. 우리가 2년 동안 백두대간을 종주하며 깨달은 법칙 중의 하나가 험산과 악산을 가릴 것 없이 "그 순간을 지나가면 쉬운 코스더라!"였으니.

엄마에게나 아들에게나 가장 길게 느껴진다는 훈련소 기간을 잘 지내고 나면, 언젠가 웃으며 이 어설프고 긴장됐던 순간을 추억하게 될 거야. 그때까지, 힘내라 아들! (7월 13일)

네가 있어 참 고맙다

오늘의 식단을 살펴보니 점심으로 핫도그 빵과 옥수수 시리얼, 삶은 계란을 먹었겠구나. 하루에 한 끼 정도는 빵으로 먹기를 즐기던 네가 좋아하는 모습이 눈에 보이는 듯하다. '군대리아'라는 별칭으로 불리는 햄버거는 지난 토요일 식단에 있던데 얼마나 맛있게 먹었는지 궁금하다.

중대장님이 올려주신 사진을 보니 어제는 제식 훈련을 했던데, 이제 본격적인 훈련에 접어드는 만큼 입맛이 없더라도 든든히 먹고 움직여라. 저녁에 나올 버섯두부탕도 잘 먹어야 할 텐데, 부디 임전무퇴의 자세로 버섯과 미역에도 씩씩하게 도전하길.

엄마는 운동을 마치고 집에 돌아오는 길에 오랜만에 슈퍼마켓에 들렀는데 매장을 한 바퀴 돌고 결국 빈손으로 나오고 말았어. 네가 없으니 우유도 요구르트도 과자나 아이스크림도 살 일이 없구나.

말마따나 '생계형 전업 작가'로 살면서 사치품은 물론 실용품도 절제해 소비하는 편이었지만 아들을 먹이는 것에만큼은 조금도 아끼고 싶지 않았어. 정말로 속담이 틀리지 않았지. 내 논에 물 들어가는 모습은 본 적이 없어서 얼마나 좋을지 몰라도, 자식 입에 밥 들어가는 걸 보는 일처럼 보기 좋은 건 분명코 없었으니 말이야.

하루 동안 품을 팔아 돈벌이를 해서 돌아올 때, 비록 몸은 고단해도 아들이 좋아하는 음식을 사 들고 귀가할 때면 발걸음이 나는 듯 가벼웠지. 그게 꼭 귀하고 비싼 음식이 아니었대도 맛있게 먹어주는 네가 있어서 엄마는 너무도 행복했어. 넌 언제나 엄마에게 받기만 한다고 미안해하지만, 사실은 그리도 많은 행복의 기회를 엄마에게 주었던 것을……

어젯밤에는 저녁을 먹고 멀거니 텔레비전 뉴스를 보고 앉았다가 문득 들려온 소리에 베란다로 뛰어나갔어.

―딱, 쿵, 따닥, 펑!

우리 집 베란다에서 멀리로 보이는 서울랜드에서 폐장을 알리는 불꽃놀이를 하고 있었지.

"엄마! 이건 무조건 봐야 돼!"

"무슨 말이야? 무조건 봐야 한다니?"

"경제학입문 수업에서 배웠는데, 불꽃놀이는 '공공재'라서 무조건 보는 게 이익인 거야!"

작년 봄이었나, 네가 별안간 나를 베란다로 끌고 나가 반강제(?)로 불꽃놀이를 구경시키며 했던 말이 귓가에 맴돌았어.

"아, 저런 게 공공재로구나. 모두가 공동으로 누리는 재화니까 무조건 봐야지, 그게 경제학적으로 이득인 거지?"

그때 엄마는 열심히 고개를 주억거리며 아들의 말에 추임새를 넣었지.

사실 밤의 먹지를 수놓는 불꽃을 보며 그 찰나에 불과한 아름다움 앞에서 공공재니 이익이니 하는 말은 아무래도 어울리지 않는다고 생각했지만, 엄마는 그래도 신나고 즐거웠어. 아들과 함께 불꽃놀이를 보는 것도 좋았지만 아들이 내가 모르는 무언가를 알고 있고, 배워간다는 사실이 왠지 가슴 뿌듯했던 거야.

지금 엄마는 오페라 〈카르멘〉의 실황 녹음을 마리아 칼라스가 1964년에 파리에서 공연한 버전으로 들으며 편지를 쓰고 있어. 라면으로 아점을 때운 뒤에 갖는 휴식 시간치곤 지나치게 우아한 것 같지만, 네 설명대로 〈카르멘〉이야말로 오페라 중에서 가장 대중적이고 통속적인 작품이니 특별한 격식이 필요한 건 아니겠지.

지난 학기에 '음악 감상' 과목을 들으며 클래식 음악에 관심을 갖기 시작한 네가 입대하기 전 마지막으로 엄마와 하고 싶은 일이 바로

너는 내가 모르는 세상인 거야!
네 몸은 내가 낳아 먹이고 키웠지만,
너는 이미 네가 만든 새로운 세상에서 사는 거야!

함께 오페라를 보는 거랬지. 그래서 입대 사흘 전, 엄마는 아들과 처음으로 오페라를 함께 보았지. 급하게 표를 구하느라 정식 오페라 하우스가 아닌 지역 문예 극장에서 가족 단위 청중들과 어울려 본 공연이었지만, 그 소박하고 자유로운 분위기 때문에 오히려 기묘한 감동이 더했어.

작곡가 비제의 생애며, 〈카르멘〉이 초연되었을 때 파리 관객들의 외면을 받았던 일화며, 엄마에게 오페라에 대해 설명하는 너를 보면서 할머니가 엄마가 발표한 글들을 샅샅이 찾아 읽으셨던 마음을 알겠어.

너는 내가 모르는 세상인 거야!
네 몸은 내가 낳아 먹이고 키웠지만, 너는 이미 네가 만든 새로운 세상에서 사는 거야!

지금 그곳에서 네가 겪고 있는 모든 일들 또한 엄마가 알 수 없는 것이지.
그래서 두렵지만, 그래서 대견스러워.
부디 엄마에게 낯설고 새로운 세상을 더 많이 펼쳐 보여주길.
아들아, 네가 있어서 참 고맙다. (7월 14일)

너에게서 온 편지

눈물 상자 '장정 소포'

　어제 저녁 엄마가 심사했던 문학상 시상식이 있어서 외출하는 길에 우편함에 보내는 사람의 이름이 낯익은 편지 한 통이 꽂혀 있는 걸 발견했단다. 신병 교육을 위한 의견서, 설문지와 함께 네가 보낸 첫 번째 편지였지.

　'어머님께.'

　네가 나를 이런 호칭으로 부른 적이 있었나? 주말에 다 함께 '효도 편지'를 작성하는 시간에 편지를 쓰려니 절로 어깨에 힘이 실렸나 보다. 펼쳐보니 깨알 같은 글자가 한 장 가득이구나. 어라, 뒷면까지도 빽빽하게 썼네. 반갑고 왠지 벅찬 마음에 읽으면서 가느라 지하철 하나를 눈앞에서 놓쳤네. 그래도 급할 게 없어. 입가엔 벙긋한 미소뿐이야. 울 아들이 이렇게 엄마에게 이야기하고 있는걸.

열 번도 넘게 편지를 읽고 또 읽었어. 읽을수록 내 아들 장하다는 소리가 절로 나오네. 네가 생각보다 훨씬 더 잘 적응하고 있는 것 같아서 정말 다행스럽구나.

실내 교육받을 때 큰 키 때문에 뒷줄에서 동기들 머리통만 바라보고 앉아 있다는 대목에선 안타깝기도 하고, 생활관 16개 중 마지막이라 보급품을 지급받는 순서가 가장 늦어서 남들 다 받은 소총도 없어 전쟁이라도 터지면 삽 들고 육탄전을 벌여야 한다는 대목에선 아들의 유머 감각에 웃음이 터졌어. 생활관에서 분리수거를 하는 '배출병' 역할을 맡았다니 솔선수범하는 게 대견스럽고, 전에 본 적 없었던 형편이 어려운 동기들을 접하며 휴전선보다 무서운 게 생계 전선이라는 생각이 든다는 표현엔 마음이 무거워지네.

"집은 여전히 그립고, 어머니도 그립고, 어머니와 감사하게도 함께할 수 있었던 시간이 그립습니다. 그런데, 그리움 속에서도 새로운 환경에 적응하고 있습니다."

나도 네가 그립고 또 그립단다. 그래도 엄마는 자신에게 주어진 현실을 이해하고 상황을 스스로 헤쳐 나가는 아들이 너무나 자랑스러워. 품 안에서 다칠세라 상할세라 고이고이 아껴 길렀던 내 아기가 이렇게 조금씩 남자가, 어른이 되어가고 있구나!

그리고 마침내 오늘 아침,

우체국입니다. 오늘 택배를 배달할 예정입니다. 등기번호: ✳✳✳✳.
발송인: ✳✳✳신병교육대대.

우체국에서 보내온 알림톡을 확인하고 드디어 올 것이 왔음을 알
았지. 인터넷 카페 '군화모'에서 아들을 군대에 보낸 선배 부모들이
'눈물상자'라는 별칭으로 부르던 '장정 소포'!

오후 2시가 조금 넘어 드디어 초인종이 울렸어. 현관문을 여니 기
사님이 상자 하나를 건네주시는데, 기분 탓인지 "택배 왔습니다"는
아저씨의 목소리가 왠지 조심스럽고 엄마를 안쓰럽게 여기는 듯하더
구나.

아들을 어루만지듯, 조심스럽게 상자를 열었어.
장정 소포를 받기 전에 엄마는 걱정했단다. 이미 꽤 많이 울었는데
도 또 눈물이 터져 나올까 봐, 인터넷 카페에 올라온 다른 집 장정
소포 사진만 봐도 눈이 뜨겁고 코가 아팠는데 내 아들의 옷과 신발
을 받으면 얼마나 슬플지 몰라서, 내 감정이 어떨지 자신이 없었지.
불안과 두려움이 지어낸 상상력은 어쩌면 영화나 소설에서 봤던
불행을 떠올리게 하지. 그 옷을 입었던 사람은 사라지고 몸을 잃은
옷만 남았을 때의 공포. 그건 아마도 상실에 대한, 다시 만날 거라고
약속할 수 없는 이별에 대한 공포일 게야.
그런데,

상자를 여는 순간 혹시나 필요할까 싶어 챙겼던 여름 점퍼가 보였어. 그리고 엄마의 기억 속에 지금도 선명한 그날 네가 입었던 하얀 줄무늬 티셔츠와 반바지, 속옷과 샌들이 줄줄이 나왔어.

이상하더라.

이쯤이면 눈물이 나올 줄 알았는데 피식 웃음이 새어 나오는 거야. 다른 아들들은 정갈하게 잘도 옷을 개어 넣어서 엄마들에게 '군대 가면 철든다'는 속설에 희망을 걸게 한다는데, 내 아들은 변함없이 구깃구깃 옷을 쓸어 넣었더구나! 동봉한 편지를 보니 급하게 박스를 봉해 보내기는 한 것 같은데, 편지에 체력검정에서 악으로 깡으로 팔 굽혀 펴기를 했더니 몸에 힘이 다 빠져버렸다고 엄살을 피운 걸 보니 꼭 시간이 없어서는 아닌 것 같아.

어쨌거나 엄마는 좋아.

내 아들이 보낸 상자가 꼭 꾸밈없는 내 아들 같아서 좋고, 엄마가 울지 않고 웃으며 네 옷을 돌려받을 수 있어서 좋고, 예상과 조금은 다른 엄마의 반응이 어제 받은 효도 편지와 매일매일 인터넷 카페에 훈련 일정과 생활관 풍경을 사진으로 찍어 올려주신 부대의 배려 덕분이어서 좋고…….

의외로 장정 소포를 받으면 눈물깨나 흘릴 줄 알았는데 반가운 편지에 웃었다는 엄마 같은 엄마들이 꽤 많네. 무엇보다 아들이 잘 지내고 있다는 확인과 믿음이 있으니까.

엄마는 네게서 온 장정 소포 박스를 버리지 않고 고이고이 간직하려고 해. 네게서 받은 편지도 모아두고, 앞으로 하나씩 늘어날 기념품도 모아두고. 물론 네 말대로 비 쫄딱 맞은 뒤에 입은 탓에 체취가 퀴퀴하게 남아 있는 옷들은 깨끗이 세탁해서 보관해두겠지만 말이야.

"시간은 그럼에도 흐릅니다. 당당하게, 당당하게 훈련받겠습니다."

네 편지의 마지막 한 줄이 엄마에게 얼마나 큰 힘과 위로가 되는지 넌 알까? 아들만큼이나 당당하게, 당당하게 엄마도 엄마의 일상을 꾸려나갈게. 사랑한다, 내 아들아. (7월 15일)

그럼에도 불구하고, 사랑

어젯밤 내내 비가 내리더니 오늘은 좀 시원해졌다. 임실 날씨를 보니 과천과 같네. 흐리고 비. 비 오는 날은 주로 실내에서 교육이나 훈련이 이뤄질 텐데 불편하거나 짜증스럽더라도 모쪼록 여유를 가지도록 애쓰길. 초조할 때보다 느긋할 때 오히려 시간이 잘 가니까.

어제 중사님이 인터넷 카페 게시판에 올려주신 생활관 단체 사진에서 군복 입은 아들 모습을 처음 보았단다. 옷은 낯선데 익살맞은 표정을 보니 내 아들이 맞구나. 입을 앙증맞게 오므리고 눈을 동그랗게 뜬 그 표정이 갓난아기 때부터 네 트레이드 마크지. 엄마의 마음속에는 그 천진한 표정을 한 채로 조금씩 커가던 아들의 모습이 차곡차곡 쌓여 있어.

'작가 언니들'의 단톡방에 소설가 L선생님의 따님이 결혼한다는 청첩장이 올라왔어. 다들 축하의 말을 건네는 가운데 엄마가 어제 장정 소포를 받았다는 말을 했더니 다들 울었냐고 물어보시네. 눈물보다는 웃음이 나왔다고 솔직하게 고백했지.

다른 아들들은 평소와 달리 가지런히 옷을 잘 접어 보내서 엄마들을 울린다는데 내 아들은 변함없이 대충 처박아서 보내셨으니, 아아, 늘 푸른 소나무처럼 꿋꿋하여라 내 아들이여……!

잘난 아들은 나라의 아들
돈 잘 버는 아들은 장모의 아들
백수건달 아들은 영원한 내 아들

언젠가 세간을 떠돌던 우스갯소리가 문득 떠올랐어. 남의 아들 이야기면 웃겠는데 내 아들 이야기니 웃을 수만은 없네. 구부러진 나무가 선산을 지킨다는 속담을 현대판으로 변형하면 이렇겠지. 집짓기나 가구의 재료인 목재가 될 만한 튼실한 녀석들은 일찌감치 베어져 나가고, 옹이 지고 구부러져 쓰임새가 적당치 않은 녀석들만 났던 곳에 뿌리박혀 있다는 것을 천박하지만 노골적으로 말하면 그렇지.

그래, 그럴지도 몰라. 못난 놈만 내 아들이라서 이렇게 놓지 못하고 전전긍긍하는지도.

하지만 언젠가 엄마가 네게 이야기했지. 이런저런 인터넷 사이트에 회원으로 가입할 때 비밀번호에 대한 힌트를 저장해놓는 대목에서, 엄마가 고르는 항목은 언제나 "당신의 보물 제1호는?"이라고. 다른 질문에 대한 대답은 때로 헷갈릴 수가 있어. 같은 말이라도 조금씩 다른 표현으로 쓰거나 착각하는 바람에 비밀번호를 영영 찾지 못할 수도 있지.

그렇지만 엄마가 고른 항목의 답은 확실하니까, 그야말로 정답이니까 헷갈릴 게 없지.

혜준, 두 글자, 바로 너뿐이니.

주부를 포함한 여성들이 주로 찾는 인터넷 게시판에 "당신은 가장 아끼는 게 무엇인가요?"라는 질문이 올라온 적이 있어. 부모님, 남편, 자식 등 가족이라는 대답이 절대다수였고 자존심과 시간, 자기가 스스로 개척해온 인생이 무엇보다 중요하다는 대답도 있었지. 그런데 그중에서 엄마에게 가장 인상적인 대답이 두 개 있었단다.

> "아무짝에도 쓸모없고 힘들게만 하는 자식새끼요."
> "약하고 싸가지 없는 자식새끼요."

짧은 문장의 한 글자 한 글자에 이를 악물고 쓴 흔적이 느껴져. 그 '자식새끼'는 얼마나 엄마를 힘들게 했을까, 얼마나 속을 썩였을까? 물론 내 아들은 그렇게까지 엄마에게 버거운 짐은 아니지만, 엄마 역시 자기 자식을 저렇게 표현할 수밖에 없는 엄마의 심정을 충분히 이해할 수 있을 것 같아.

욕심일까, 기대일까? 집착일까, 사랑일까?

그리 큰 것을 바란 건 아닌 것 같은데 자식은 그조차 못 하겠다고 버티지. 엄마는 이 험한 세상에서 제 힘으로 살아나갈 최소한의 방도를 마련해줘야만 할 것 같아 전전긍긍하는데 자식은 아무런 생각 없이 툴툴거리기만 하지.

그런데 문제는, 더 큰 문제는 그래도 사랑한다는 거야. '그래서' 사랑하는 게 아니라 '그럼에도 불구하고' 사랑할 수밖에 없지. 행여 못난이 사고뭉치일지라도 그 어떤 귀하고 값비싼 것과 바꿀 수 없는 보물이야. 남들이 돌이라 해도 내겐 보석이고, 남들이 낙동강 오리알이라고 해도 내겐 황금알일 수밖에 없으니.

아들아, 네가 영원한 엄마의 보물이라는 걸 잊지 말고, 부디 너 자신을 귀하게 여기렴. 주말 잘 보내라. 사랑한다. (7월 16일)

붉은 여왕의 법칙

오늘은 일요일이다. 종교 활동도 하고 개인 정비도 하면서 조금은 여유로운 시간을 보내고 있겠네. 지난번 법당에 갔으니 이번엔 성당이나 교회에 갔으려나? 종교 활동이 끝나면 받은 간식을 비교하는 것도 듣던 대로구나! 그런 소소한 즐거움이 지나면 더 오래 기억되는 법이지만, 초코 과자 하나에 영혼을 팔(?!) 아들을 생각하니 냉장고에 네가 먹다 남겨둔 초콜릿이 고스란히 쌓여 있지만 하나도 손을 댈 수가 없구나.

'교감을 하고 싶다'는, 지난번 편지에 네가 쓴 글귀가 자꾸만 엄마의 머릿속을 맴돈다.

네가 아주 어린 아기였을 때, 모든 일과 활동을 작파하고 집 안에 고립된 채 요즘 표현으로 '독박 육아'를 하면서 엄마는 자주 혼잣말을 중얼거리곤 했지.

"혜준아, 빨리 커라! 빨리 커서 엄마랑 이야기하자!"

육아는 미치도록 힘들고 분주한 한편 외롭고 적막했지. 그래서 엄마는 기껏해야 눈을 맞추고 옹알이를 하는 게 전부인 네가 언젠가 대화 상대가 되어줄 날을 간절히 기다렸던 거야. 내가 아는 세상 모두를 이야기해 주고 싶었지. 네가 보는 세상 전부를 알고 싶었지.

그래서 우리는 남들에게 좀 특별한 모자(母子)로 보일 정도로 대화를 많이 하게 되었던 것 같아. 무슨 얘기라도 서로 주고받을 수 있는 가장 친밀한 상대로서 말이야. 물론 시간이 흐를수록 네가 엄마의 예상보다 훨씬 '상남자'로 자라는 바람에, 아들이면서 딸이고 딸이면서 아들인 존재에 대한 꿈은 깨어지고 말았지만.

네가 심해를 헤엄치듯 아득한 시간을 견디는 동안 바깥세상은 태풍이 휘몰아치는 양 시끄럽고 어지럽구나.

프랑스 니스 해변에서는 불꽃놀이를 구경하는 사람들을 목표로 한 트럭 테러가 터졌고, 터키에서는 쿠데타가 일어났다 진압되었고, 한반도는 사드 배치 문제로 들끓고 있지. 얼마 전에는 교육부 공무원이 '민중은 개돼지'라는 영화의 대사를 실제로 내뱉는 바람에 소동이 벌어졌고, 사시 출신의 젊은 검사가 자살한 배경에 그의 상관인 부장 검사의 폭언과 폭행이 있었다는 의혹이 제기되기도 했어.

이렇게 혼란스러운 한편으로 사람들은 여전히 부동산과 주식과 금

값의 동향을 주시하거나, 포켓몬 고(Pokémon GO)라는 스마트폰용 증강현실 게임에 열광해 포켓몬을 잡으러 속초(엉뚱하기 그지없게도 한국에서 이 게임 서비스가 되는 곳은 속초뿐이라고!)로 떠나지.

네 학교 친구들은 계절 학기를 막 끝낸 뒤 다음 학기 수강 신청을 하고 있고, 어김없이 학점에 목을 맨 채 꿀벌처럼 꿀을 빠는 강의를 찾아다니고 있더구나.

그래, 세상은 네가 없는데도 시치미를 뚝 뗀 채로 그렇게 돌아가고 있어. 이런 사실을 깨달을 때, 가끔씩 확인할 때, 네 가슴에는 한 줄기 서늘한 바람이 스쳐 가겠지.

어쩌면 20대 초반의 청춘에게 군대라는 공간이 더 힘겹게 느껴지는 건 고립감 혹은 단절감 때문일 거야. 이렇게 세상이 빠르게 변하는데 홀로 정체된 시간 속에 내던져진 느낌, 마치 『거울 나라의 앨리스』에 나오는 '붉은 여왕의 법칙(Red Queen Effect)'처럼 주위의 모두가 너무도 빨리 달리기 때문에 있는 힘을 다해 달려야만 겨우 제자리에 서 있을 수 있을 듯한 위기감을 느끼게 되는 거지. 그 트랙을 이탈한 상태에서 함께 달리지 못하니 자꾸만 뒤로 뒤로 밀려 나가는 듯한 열패감이 들고.

아직 너는 할머니의 표현대로 훈련소의 '애기 병사'니까 모든 것이 낯설고 막막하기만 하겠지만, 엄마가 강연 등을 통해 만나본 바로는 상병 때쯤이면 그 고민이 최고조에 달하더라.

—대학에 진학해야 하나, 전공을 바꿔야 하나, 학교를 자퇴해야

하나, 취업을 해야 하나, 앞으로 무엇을 하며 어떻게 먹고살 것인가……?

물론 만만치 않은 고민이야. 결코 무시할 수 없는 중대한 인생의 문제지.

하지만 아들아, 언젠가 엄마가 런던 올림픽을 6개월여 앞둔 태릉 선수촌의 역도 대표팀을 취재한 이야기를 해준 적이 있지? 자기 체중의 4~5배에 가까운 바벨을 하루에만 4만 킬로그램 이상 들고 내리는 선수들에게 엄마가 진부하고도 어리석은 질문을 던졌단다.

"꿈이 뭐예요?"

그러자 그때 꼭 네 나이쯤이던 선수 하나가 담담하게 대답했어. 자기는 꿈이 없다고. 어리둥절한 엄마에게 그 선수는 다시 말했어. '미래의 꿈'이란 건 없다고, 다만 바벨의 무게를 조금씩 늘려서 목표를 하나하나 이루어가는 것뿐이라고.

그의 꿈은 먼 곳에 있지 않았지. 6개월 후의 올림픽에도, 당장 며칠 후의 평가전에도 없었어. 그저 그의 발치에 선명하게 놓여 있을 뿐이었지.

오늘은 제헌절이면서 초복이기도 하구나. 저녁에 복달임으로 나오는 닭곰탕 맛있게 먹고 네 생애에 가장 뜨거운 여름을 씩씩하게 보낼 힘을 얻으렴. 그렇게 힘내서 네 눈앞의 삶을 번쩍 들어 올리렴. 엄마는 언제나 너를 응원한다. (7월 17일)

'미래의 꿈'이란 건 없다고,
다만 목표를 하나하나 이루어가는 것뿐.

초보 엄마의 육아 일기

    다시 월요일, 신검 후 귀가자들이 모두 떠나고 정식으로 맞는 2주차의 첫날이구나.

    지금까지 제식훈련과 구급법 교육, 체력 단련 등을 했으니 이제부터 경계와 화생방 등 본격적인 훈련에 돌입하겠네. 중사님께서 '충경 새내기 부대' 카페에 오늘 오전 집총제식 훈련을 하는 3중대 신병들의 모습을 올려주셔서 행여 내 아들을 찾을 수 있을까 뚫어져라 들여다보았지. 어려서도 장난감 총 한번 가지고 놀아본 적 없는 네게는 모두가 낯선 일들이겠지만, 〈훈련병의 품격〉에서 보건대 사전 교육을 충분히 숙지하면 무리 없이 해낼 만한 것들이니 집중하되 너무 긴장할 필요는 없을 거야.

전화도 못하고, 피엑스나 사지방(사이버지식정보방)도 못 가고, 흡연자들의 경우엔 담배도 못 피우지만 다들 지나고 나면 훈련소 때가 제일 재밌었다……는 선배의 이야기를 엄마가 전해줬지? 훈련병들은 절대 그렇게 생각하지 않을 테지만, 모두가 마음먹기에 달려 있다니 혜준도 다시 돌아오지 못할 현재에 충실하렴. 거듭 말하지만 삶은 미래에 있는 것도 아니고 과거에 있는 것도 아니고 바로 지금 여기에 있으니까.

네게 매일 편지를 쓰면서 무슨 이야기를 할까 궁리하다 보니 네가 어릴 때 찍었던 사진과 비디오, 그리고 아가인 널 기르며 엄마가 썼던 육아 일기를 자주 들춰보게 되네. 그때 엄마는 참 젊고 미숙했구나. 그래도 처음 얻은 엄마라는 이름을 감당해보려고 애면글면 기를 썼구나.

"오늘부로 혜준은 꽉 찬 4개월이 되었다. 엊그제 보건소에 데려가서 DPT와 경구용 소아마비 2차를 맞히는데, 옷 무게까지 뺀 체중이 무려 9킬로! 태어났을 때 체중의 3배에 육박해가고 있다. 아, 가련한 엄마의 가녀린(?) 팔이여!

가까스로 초유는 먹였지만 엄마의 체력이 받쳐주지 못해서 모유수유를 2개월밖에 못한 게 아쉽다. 그래서 이유식에 더욱 신경을 써 2개월부터 사과, 귤, 딸기 즙과 시판하는 베이비 주스를 조금씩 먹였고, 백일이 지난 후부터는 쌀미음을 먹여왔다. 나름대로 이유식을 만드는 기준을 세웠는데, 첫째 조리가 간단해야 한다, 둘째 재료를 구하기 쉬워야 한다, 셋째 재료 본래의 맛을 살려야 한다, 넷째 아이가 잘 먹어야 한다, 다섯째 되도록이면 어른의 식단과 일치시킨다, 여섯째 그렇다고 이유식 만들기에 너무 연연해서 입을 짧게 만들면 안 된다는 것이었다.

지금껏 만든 이유식 메뉴는 현미미음, 시금치우유조림, 당근미음, 단호박죽, 밤암죽, 메조미음, 바나나즙, 사과즙, 감자호두죽, 생선을 넣은 고구마죽, 연두부미음, 완두콩수프 등이다. 6개월 이후부터는 조금씩 육류도 먹일 수 있을 것 같다. 해 먹일 때마다 두드러기가 나지 않나 변은 괜찮은가를 살펴보고, 설사를 하면 즉시 이유식을 멈추고 쌀미음을 먹이도록 주의하고 있다."

사람의 기질은 쉽게 변하지 않는 것이라서 그때도 엄마는 공부하듯 과제하듯 육아를 했구나. 그렇게 이유식 레시피를 깨알같이 써놓고는 한구석에 커다랗게 "젖병은 일찍 떼고, 기저귀는 늦게 떼자!"는 구호까지 적어놓았네. 사실 지금 와서 생각해보면 그렇게까지 '각을 세울' 필요가 없는 일들도 많았는데 말이야. 초보 엄마의 과잉 열정이었지.

네가 태어나 처음 감기에 걸려 아팠던 날의 기록은 지금 읽어도 마음이 아릿하다.

"지난 금요일 아침부터 혜준이의 뒷골이 따끈한 듯해 체온계로 재어보니 38도를 조금 넘는다. 얼른 주동(무려 그때의 천리안 인터넷 주부동호회!)에 들어가 열 감기에 관련된 모든 글들을 갈무리하고 옷을 모두 벗겨 찬물 목욕 두 번, 아이는 자지러지게 울어대고, 그래도 모질게 마음을 먹고 찬물 수건을 대고 해열제를 먹이고 겨우 열을 잡았다.

그런데 어제부터 다시 기침 시작, 돌 전 아이의 기침은 폐나 기관지 이상으로 발전할 요소가 크다니, 서둘러 병원에 가서 진찰을 받고 오렌지색 물약과 분홍색 가루약을 타 왔다. 큰 배를 2개 사서 꿀을 넣고 찌고, 파뿌리도 하얗게 씻어 삶아 꿀을 넣어 음료를 만들고, 수시로 먹이고, 그런데도 기침은 쉬이 잦아들지 않는다. 결국 오늘 다시 병원에 가서 이틀 치 약을 타 오고 배 3개를 더 사서 냉장고에 넣어두었다.

그르렁 그르렁! 큭큭, 굴굴굴, 클클. 컹컹컹!

아이고, 어미 가슴이 찢어지누나. 재채기는 또 얼마나 해대는지 에취 에취, 그럴 때마다 콧물 찍 눈물 찍. 5~6개월에 들어서면 면역성이 떨어져서 감기에 걸리기 쉽다더니, 정말 우리 혜준이는 교과서적인 아기인가 보다. 먼저 감기에 걸렸던 외삼촌이 그토록 조심을 하고 애썼건만 그 바이러스에 노출되어 버린 건가. 온종일 팔이 아픈 줄도 모르고 식은땀을 흘리며 자고 있는 아이를 끌어안고 있었다. 말마따나 차라리 내가 아픈 게 낫겠다."

지금까지 20년을 통틀어 대단히 좋은 엄마만은 아니었지만, 그래도 좋은 엄마가 되기 위해 애를 썼구나. 그걸 알아달라든가 보상을 해달라는 건 아니야. 다만 네가 그만큼의 정성과 사랑으로 고이 키운 소중한 아이라는 것을 잊지 말아달라는 것, 그 정성과 사랑의 힘으로 엄마가 없는 어느 곳에서도 굳세고 씩씩하라는 것뿐!

혜준아, 언제라도 눈 감으면 그 모습 그대로인 내 아가야! 부디 이번 주도 조심조심, 무사히 훈련하렴. (7월 18일)

눈물범벅 화생방 훈련

　시력과 관절에 좋지 않은 습관이라는 건 알고 있지만 아침에 눈을 뜨자마자 머리맡을 더듬어 휴대폰을 찾지. 가장 먼저 확인하는 건 오늘의 날씨. 임실읍의 최고 기온은 31도, 과천보다는 1도 낮지만 그야말로 불볕더위로구나.

　다시 몸을 빙글 돌려 모로 누워서는 다음 카페 '충경 새내기 부대'로 들어가 3중대 게시판을 확인하지. 오늘은 아침부터 '3중대 아드님 훈련 모습' 게시판에 새 글이 떴다는 신호가 깜박거려서 부지런한 중사님이 또 뭘 올리셨는지 궁금해하며 들어갔어. 그러다가 벌떡, 불침이라도 맞은 듯 일어나 앉았지.

　"현재 화생방 훈련 모습 동영상이 3중대 1소대 게시판에 있으니 봐주시면 감사하겠습니다."

공지 게시물을 찾아가는 엄마의 손끝이 떨리는구나. 혜준, 네가 그
곳에 있을 테니.

"준비됐습니까?"
"네!"

우렁찬 대답과 함께 교육관님이 "전체, 가스!" 명령을 내리니 훈련
병들이 "가스!"를 복창하며 일사불란하게 앉아 방탄 헬멧을 벗고 방
독면가방에서 준비물을 꺼내네. 분주한 손놀림 끝에 방독면을 착
용한 훈련병부터 양손을 펼쳐 흔들며 "가스! 가스! 가스!"를 외치는
데……

아이고, 혜준, 내 아들, 내 새끼……!

한 며칠 괜찮아졌나 싶더니 엄마의 눈에 절로 눈물이 괴고 입에서
탄식이 터져 나오는구나.

이럴 때는 아는 게 병이라고 공연히 나무위키에서 화생방 훈련,
그 중에서도 훈련의 '꽃'이라는 가스 실습에 대한 항목을 찾아 읽었
나 보다.

'대한민국 남자들이 3번이 아니라 4번 눈물을 흘리는 이유'라는 부
제와 함께 군필의 집단 지성이 총동원된 조언(이라고 쓰고 협박이라
고 읽는다)이 문서화되어 있는데, 그중에서도 엄마가 가장 걱정되는
건 두 가지였어.

하나는 "시력이 나쁜 안경 착용자들의 경우, 가스 실습실 내부의

전 과정을 반쯤은 장님에 가까운 상태로 체험해야 하므로 더욱 공포스러운 기억으로 남는 경우가 적지 않다"는 것, 다른 하나는 "봄이나 여름같이 땀 배출량이 많은 때에는 모든 젖은 피부, 특히 겨드랑이나 음부 같은 곳이 칼로 베이고 바늘로 마구잡이로 찔리는 고통"을 느낀다는 대목이었지.

난시가 심해서 안경을 벗으면 세상을 구름 속에서 3D 영화 보듯 봐야 하는 네가 불볕더위에 땀투성이가 된 채 가스 실습을 한다고 생각하니 아무리 의연하려 해도 바짝바짝 애가 타는 건 어쩔 수 없었어.

하긴 화생방 훈련 그 자체가 엄마가 상상하지도 못할 공포는 아니야. 엄마가 꼭 네 나이였을 때 겪었던 시대의 장면들은 가스실처럼 뿌옇고 매캐하지. 하다못해 우리에겐 9초 안에 착용하면 안전한 방독면도 없었고, 1분만 버티면 무사히 빠져나갈 수 있다는 약속도 없었지. 그저 미친 듯이 눈물 콧물을 흘리며 낯선 거리를 헤매고 다녔어.

이른바 386이라고 불린 우리 세대가 지금 와서 탐욕과 독선의 상징처럼 여겨지는 게 참 놀라워. 풍요로운 호황기에 자유와 낭만을 만끽하고 형편없는 학점으로도 좋은 직장에 척척 합격했다고, 데모하고 돌아다닌 걸 대단한 경력인 양 포장해 스스로가 내린 훈장을 목에 걸고 정계에 입문했다고, 자식 세대의 미래를 담보로 축재한 부모 세대에게 비난의 날을 세우기도 하더구나.

엄마는 취업이나 정치와 아무런 상관없이 살아온 예외적인 개별 자이기 때문에 솔직히 말하자면 좀 억울하다는 생각을 하고 있었어. 특정한 시대를 동시에 살았다는 사실만으로 각각의 삶을 하나의 이름으로 묶어버리는 세대론에 찬동하지 않을뿐더러 모든 세대에는 공과 과가 동시에 존재한다고 생각하기 때문이지. 그리고 드러내 말하진 못했지만 최소한 우리 세대는 일말의 순수함을 간직하고 있었다는, 있다는 자부심도 있었나 봐.

요즘 그런 것들이 하나씩 하나씩 무너지고 있어.

지난번 편지로 전했던 세상 소식 중에 자살한 젊은 검사에게 폭언과 폭행으로 모욕을 주었던 부장 검사는 엄마보다 고작 한 살이 많은 같은 세대 사람이고, '개돼지' 발언을 한 고위 공무원은 엄마보다 한 살 아래의 동문이야. 구의역 스크린 도어 사고로 죽은 너보다도 어린 청년에게서 자기 자식을 떠올리며 안타까워하는 사람들의 마음을 위선이라 부르는, 그런 자와 같은 때 같은 학교를 다녔던 걸 생각하면 내가 부끄럽고 죄스러울 정도야.

그래, 우리 세대 또한 어김없이 꼰대가 되었구나! 이토록 가차 없는 세월의 장난 앞에서는 다시 프랑스 작가 폴 부르제(Paul Bourget)의 말을 떠올릴 수밖에 없네.

"생각하는 대로 살아야 한다. 그렇지 않으면 결국 살아온 대로 생각하게 될 것이다!"

이야기의 곁가지가 너무 뻗어 나갔구나. 어쨌거나 그럼에도 불구하고 믿어준다면, 엄마가 시대의 가스실에서 품었던 단 하나의 희망은 우리 아이들이 자라 우리 나이가 되었을 때는 민주화가 되고 통일이 되어 평화롭고 살기 좋은 나라가 되어 있으리라는 것뿐이었지. 엄마 주변에는 실제로 아들을 군대에 보낼 일은 없으리라고 생각했다는 친구들도 꽤 많아.

그런데 우리가 잘못한 게 분명한 모양이다. 너희 세대는 여전히 힘들고 아플 수밖에 없으니······.

복잡한 생각 속에 운동을 하는 둥 마는 둥 하고 돌아와 보니 어이쿠, 그 사이에 화생방 훈련이 끝났네! 친절한 중사님이 다시 사진을 올려주셨어.

무사히 훈련을 마친 아들들이 줄지어 가스실에서 나오고 있네. 들어갈 때는 마치 지옥으로 끌려 들어가는 듯한 표정이더니만 나올 때는 하나같이 새로운 삶을 얻은 환희의 표정이야. 여유 있게 거수경례를 붙이는 훈련병도 있고 조교님들이 바가지로 부어주시는 물에 얼굴을 헹구며 활짝 웃는 훈련병도 있구나.

방독면 속에서는 땀범벅 눈물범벅이었겠지만 일단 벗고 나니 시원하지? 세상의 모든 공기가 상쾌하고 달콤하지?

내 아들은 어떤 묘한 재주로 카메라 렌즈를 피해 다니는지 아무리 확대해서 들여다봐도 깨알만 한 모습조차 찾아볼 수 없지만, 환하게 웃는 사진 속의 아들들을 보며 혜준도 무사히 잘 마쳤으리라, 안도감과 성취감으로 더욱 꿀맛 같은 점심을 먹었으리라 확신해.

사랑스럽고 자랑스러운 내 아들, 고생했어, 잘했어! (7월 19일)

그곳에서의 새로운 질서

오늘은 몹시 바쁜 날이었어. 아침부터 부지런히 채비해서 용산에 있는 '국방FM'을 찾아갔단다. 월요일에서 토요일까지 오전 9시에서 11시 사이에 방송하는 〈오늘도 좋은 날〉이라는 프로그램에서 '아들은 군 복무 중'이라는 수요일 코너를 새로 만들었는데 그 첫 시간에 초대되어 다녀온 거야.

네가 입소하던 날, 그리고 훈련소에서 찍은 사진이 처음으로 인터넷 카페에 올라왔던 날 쓴 편지 두 통을 편집해서 낭독했어. 가족들이 서로에게 메시지를 전하는 코너가 생길 만큼 프로그램의 청취자 중 아들딸을 군에 보낸 부모가 많은가 봐. 가족들의 마음이야 모두 하나같겠지. 건강하고 무사 무탈하게 임무를 마치길 바라는 것.

네가 보내온 효도 편지의 대목도 잠깐 소개했는데, 진행자와 작가가 네 편지를 보고 엄마와 아들의 관계가 남다른 것 같다며 부러워했어. 아무런 비밀이나 거리낌 없이 자유롭게 소통하는 관계라는 게 느껴진다고. 그 말이 엄마에게는 무엇보다 큰 칭찬같이 들리네.

생방송이라서 실수할까봐 조마조마했는데 다행스럽게도 무사히 끝냈어. 방송 중에 엄마가 아들에게 들려주고 싶은 노래, 아들이 좋아하는 노래 한 곡씩을 틀어줬는데…… 엄마의 신청곡은 무엇이었을까요? 바로 아들이 '덕질'하던(물론 이젠 '탈덕'했다고 주장하긴 하지만) 걸 그룹 트와이스의 〈CHEER UP〉!

군 위문 공연을 많이 경험했다는 진행자분이 걸 그룹이 실제로 장병들의 사기 진작에 영향을 미치고, 그 상승률이 10퍼센트를 넘어선다는 연구 결과를 알려주시네. 장병들이 특별히 걸 그룹에 열광하는 작동 원리까지야 알 수 없어도 그야말로 노래 제목 그대로 '힘내'일세!

아들이 좋아하는 노래는 지난번 편지에도 썼던, 네가 입소하기 전 마지막으로 들었던 언니네 이발관의 〈혼자 추는 춤〉을 신청했어. 훈련병 처지에 방송을 청취할 여력은 없었겠지만 부디 그 노래가 엄마의 마음이 닦아놓은 길을 밟아 잠시나마 아들의 귓가에 닿길 빌며.

녹음을 마치고는 곧장 숙대입구역 건너편으로 달려갔어. 출판사의 문학팀장 P씨랑 점심 약속을 했거든. 입사했을 때부터 꼬박 5년 동안 엄마 책을 만들어주시던 분이지. 네가 고2 여름방학에 인턴십 활동을 할 때 출판 편집자라는 직업에 대해 많은 조언을 해주기도 했고. 그런데 안타깝게도 오늘부로 P팀장이 회사를 그만두게 되었다는구나. 그래서 그냥 헤어지기 너무 아쉬워 밥이라도 한 끼 먹자고 다급히 점심 약속을 잡았던 거야.

개인적으로 삶의 변화와 재충전이 필요해 퇴사하는 것이라니 마땅히 그 결정을 존중하고 응원해야겠지만, 5년 동안 다섯 권의 책을 함께 만들며 호흡을 맞춰온 편집자를 잃으니 아쉬움을 넘어 황망하기까지 했어.

엄마에게 7월은 소중한 사람과 헤어지는 달인가 보다!

조금은 우울해져서 터덜터덜 집에 돌아오는데 우편함에 낯익은 글씨가 적힌 흰 봉투 하나가 꽂혀 있네. 기다리고 기다리던 내 아들의 두 번째 편지! 네가 내게 띄운 〈CHEER UP〉의 수신호 같구나.

장정 소포를 보내기 전에 사흘에 걸쳐 썼는데 장정 소포보다 닷새나 늦게 도착했네. 소포에 동봉한 짧은 글을 통해 두 번째 편지를 부쳤다는 걸 알고 얼마나 기다렸는지 몰라. 아침 운동을 다녀와 집 안에 들어앉으면 좀처럼 현관문 바깥으로 나가지 않는 엄마가 하루에도 몇 번씩 오래된 아파트의 느려터진 엘리베이터를 타고 오르내리며 아들의 편지를 기다렸지.

그런데 편지를 뜯어서 막 읽으려는 찰나, 별안간 장수군청의 문화체육 담당자에게서 영화 제작 예정인 소설 『논개』와 관련해서 연락이 왔어. 흔히들 진주의 기생으로 알고 있지만 소설의 주인공인 주논

개는 장수 지방의 몰락한 양반가의 여식으로 자신의 사랑과 약속을 지키는 강건한 여성이지. 이야기 중에 무심코 아들이 전북 임실의 신교대에서 훈련 중이라고 밝혔더니 담당자분이 놀라며 막 웃으시는 거야. 그분이 살고 계신 곳이 바로 35사단에서 차로 15분 거리라고!

하루의 끝에 인연이라는 말을 생각해. 만났다 헤어지는 일이 우연 같지만 어쩌면 우리는 보이지 않는 끈으로 때로 얼기설기하게 때로 촘촘하게 얽혀 있는지도 몰라.

불교에서 말하는 시간의 단위, 겁[kalpa]은 천지가 한 번 개벽하고 다음 개벽이 될 때까지의 시간이지. 인간의 시간으로 4억 3천 2백만 년이라고도 하고, 1천 년에 한 방울씩 떨어지는 낙숫물이 집채만 한 바위를 뚫어 없애는 시간이라고도 하고, 새가 좁쌀을 물어 세로 10리 가로 10리 높이 10리의 큰 그릇을 다 채우는 시간이라고도 하고…….

한데 옷깃을 한 번 스치는 것도 5백 겁의 인연이라지. 같은 나라에 태어나는 것은 1천 겁의 인연, 하루 동안 길을 동행하는 것은 2천 겁의 인연, 그리고 8천 겁이 있어야만 부모 자식의 인연으로 만난다네.

하루가 지루하고 좀처럼 시간이 흐르지 않는 것만 같을 때 겁의 시간을 생각해봐. 그 아득한 나날을 견뎌 마침내 만난 이번 생의 모든 인연을.

혜준, 엄마는 8천 겁의 인연이 고맙고 또 고마울 뿐이야. 더위 먹지 않게 조심하면서 하루하루 소중히 보내렴. (7월 20일)

함께였던 그 모든 시간

'서쪽 지방 폭염 기승…… 서울 32도·전주 34도.'

뉴스만 봐도 가슴이 철렁하다. 왜 하필이면 올 여름은 서쪽으로 열기가 몰리는지 모르겠구나. 동풍의 영향으로 할머니 할아버지가 계신 강원도나 경상도 지방은 한밤에 두꺼운 이불을 덮어야 할 정도로 서늘하다는데, 네가 있는 서쪽은 폭염으로 들끓고 있으니 엄마의 근심이 이만저만이 아니다. 한낮에는 실외 훈련 대신 실내에서 훈련하거나 휴식 시간이 주어지겠지만 부디 더위 먹지 않도록 스스로 몸 관리를 잘하렴.

오늘은 체육관 휴게실에서 젊은 엄마들이 모여 수시 박람회에 다녀온 이야기를 하고 있더라. 7월 모의고사는 네가 입소한 바로 다음 날 치러졌고, 이제 본격적으로 학생부와 모의고사 점수를 토대로 구체적인 입시 전략을 세워야 할 때라나.

아득하더라, 불과 이태 전 이맘때만 해도 등급 컷과 내신 반영 비율, 각 대학별 입학 전형에 신경을 곤두세웠는데, 이젠 까마득한 남의 일만 같구나.

집에 돌아오는 길에 중앙 공원 파라솔 아래서 떡볶이를 먹는 교복 입은 아이들을 보니 고3 때 네 모습이 떠올랐어. 모의고사를 치르는 날이면 엄마는 네가 좋아할 만한 특별한 간식을 준비해서 깜짝 선물로 내놓곤 했지. 온종일 시험에 시달려 지치고 우울한 아들의 기분이 성적과 상관없이 조금이라도 나아지길 바라며.

집에서 저녁을 먹고 독서실에 갈 때면 엄마와 함께 잠시 탄천 주변을 산책하며 기분 전환했던 것도 기억나니? 네 암울한 고3을 함께한 걸 그룹 '걸스데이' 얘기를 포함해 그야말로 자질구레한 수다로 머리와 가슴을 가볍게 하려 애썼지.

당사자인 네가 가장 힘들었겠지만 엄마도 네 고3을 치르며 광속으로 늙었단다. 내가 공부하는 것보다 자식 공부시키는 일이 얼마나 힘든지 깨닫는 만큼, 네가 노력을 통해 이룬 성취가 나 자신의 것보다 더 환희롭다는 사실도 경험했지.

얼마 전 SNS에 T선생님이 이우중학교 입학 전형 캠프 사진을 올리셨어. 120명의 앳된 아이들이 급식실 지하 강당에 올망졸망 모여 앉아 있네. 꼭 8년 전의 네 모습처럼.

캐나다에서 3년 만에 한국으로 돌아왔을 때 우리는 삶의 커다란 변화를 겪었지. 엄마뿐만 아니라 너도 참 혼란스럽고 힘들었을 거야. 우리는, 아니 그때만 해도 다분히 일방적인 엄마의 의지로, 일반 학교가 아닌 대안 학교에 진학하기로 결정했지. 그리고 이우학교에 지원해 1차 서류 전형에 합격하고 2차 캠프에 참여하면서 네가 느끼는 긴장감이나 압박감도 몹시 컸을 거야.

하지만 내 착한 아들, 어려서부터 아파도 잘 울지 않고 엄살이라곤 모르던 너는 짐짓 대범한 모습으로 낯선 아이들로 가득한 캠프에 참여했지. 그래서 엄마는 몰랐어. 아들이 얼마나 힘들었는지.

1박 2일 일정으로 치러진 캠프의 다음 날 아침, 엄마는 갑자기 걸려온 한 통의 전화를 받고 화들짝 놀랐단다.

"엄마! 나 어떡해?"

전화기 저편에서 네가 엉엉 울고 있었어.

"혜준? 왜? 무슨 일이야? 다쳤어?"

"엄마! 나 떨어질 것 같아. 어제 모의 수업에서도 잘 못했는데, 어떡하지?"

알고 보니 네가 너무 긴장한 탓에 밥 먹은 것이 체해서 한바탕 토하는 소동을 벌인 거였지. 그 와중에도 몸이 아픈 것보다 불합격할 것을 걱정하는 네가 너무 안쓰럽고 애틋했어.

"괜찮아, 그까짓 학교 떨어지면 어때? 너만 괜찮으면 돼. 엄마는 다 괜찮아!"

그때의 볼 빨간 소년, 내 아들이 지금 엄마의 컴퓨터 모니터 바탕화면에서 활짝 웃고 있구나.

점심으로 쌀국수를 끓여 먹으면서 또 기억이 떠올라서 웃었어. 지난겨울 우리가 함께했던 베트남 여행, 아들은 통역 겸 길잡이로, 엄마는 총무 겸 맛집 탐험가로 누구보다 잘 맞는 여행 친구였지. 사방에서 구름 떼처럼 몰려다니는 오토바이 때문에 정신이 쏙 빠지긴 했지만, 더러운 하노이 뒷골목에서 작은 목욕탕 의자에 쪼그리고 앉아서 먹었던 쌀국수와 분짜는 천상의 맛이었는데!

'어머니와 감사하게도 함께할 수 있었던 시간', 그 시간이 그립다는 네게 나도 같은 말을 돌려주고 싶어.

혜준, 너와 함께할 수 있었던 그 모든 시간이 엄마에게도 너무나 감사한 시간이었단다. 비록 힘들고 아플 때도 있었지만, 때로 서로를 향해 으르렁대며 소리치기도 했지만, 그 모두를 기억할 수 있어서 엄마는 행복하다.

돈과 명예가 모두 소용없어지는 순간, 삶의 마지막까지 소유할 수 있는 재산은 추억뿐인 것을. 엄마를 부자로 만들어줘서 고맙다, 내 아들. (7월 21일)

부디 자중자애하기를

오늘은 대서(大暑), 그야말로 큰 더위의 날이구나.

오늘부터 개인 화기 교육과 사격 훈련이 다음 주까지 진행된다니, 뜨거운 무기를 들고 익은 흙 위를 구를 아들을 생각하면 애가 타네. 너는 난시가 심해서 시력 교정한 안경을 쓰고도 영점 사격하기가 쉽지 않을 텐데 그것도 마음이 쓰이고 말이야.

듣기로 사격 훈련의 별칭이 PRI라더라. 피나고(P), 알 배기고(R), 이 갈리는(I) 그 고된 과정을 부디 집중해서 안전하게 마치길 엄마는 빌고 또 빌 뿐이다.

하루하루가 황소걸음으로 간다. 느릿느릿, 하지만 우보천리(牛步千里)라, 우직한 소걸음이 천 리를 가듯 분명히 흐르고 있다.

그런데 혜준, 엊그제 받은 두 번째 편지에서 넌 시간이 점점 더 빨리 흘러가는 느낌이라고 썼지. 조금은 의외였어. 그렇게 일찍 새로운 환경에 적응한 걸까? 엄마가 지난 편지에 쓴 대로 즐거운 시간은 빠르게 흐르는 것처럼 느껴지는 반면 힘겨운 시간은 아주 천천히 흐르기 마련인데 말이야.

"저도 모르게, 참 이상하게도, 여기 생활에 참 원활히도 적응하고 있습니다."

엄마는 글로 밥을 벌어먹고 사는 사람이라 글의 내용 자체는 물론 문장 부호 하나하나와 행간에 담긴 뜻까지도 읽어내려 하지. 네가 쓴 저 문장에서 가장 핵심적이고 문제적인 부분은 '참 이상하게도'와 그 앞뒤로 찍힌 두 개의 쉼표야. 그 앞의 '저도 모르게'와 합치면 의미가 더 분명해지지.

아들, 너는 그곳에서 잘 생활하고 있구나. 그것도 너 자신이 생각했던 것보다 훨씬 더.

워낙에 군에 대한 이런저런 말이 많고 다녀온 사람들의 경험담도 천차만별이라, 겪기도 전에 먼저 긴장과 공포를 품게 되지. 하지만 세상의 많은 일들이 그렇듯 막상 닥치면 어떻게든 헤쳐 나갈 방편이 생기는 것도 사실이야.

자대 배치를 받고 다시 새로운 환경에 처하면 훈련소와는 또 다른 힘듦이 생길지 모르지만, 일단은 첫 번째 시험지에 원활하게 적응했다는 사실이 다행스럽고 대견스러워.

분대장을 제외한 병 상호 간에는 명령이나 지시, 간섭을 금지한다
는 것.
어떠한 경우에도 구타, 가혹 행위 및 집단 따돌림을 금지한다는 것.
폭언, 욕설, 인격 모독 등 일체의 언어폭력을 금지한다는 것.
언어적 신체적 성희롱, 성추행, 성폭행 등 성 관련 법규 위반 행위를
금지한다는 것.

너는 훈련 과정에서 끊임없이 이 '병영생활 행동강령'을 제창하고
복창한다고 전해주었지. 훈련소에서부터 이렇게 스스로 강령을 서약
하고 있으니 이런 큰 문제들은 걱정하실 필요가 없다면서. 물론 군
문화가 예전과 달라졌다는 사실을 알면서도 네가 직접 확인해주니
엄마의 마음이 좀 더 편해지는구나.

얼마 전 해병대에서 하루 6,500칼로리의 음식을 억지로 먹이는 '식
고문'이라는 악습이 자행되었다는 뉴스가 방송을 통해 나오는 바람
에 가슴이 철렁한 가족들이 많았을 거야. 아무리 열 사람이 지켜도
한 도둑을 못 막는다지만, 사람의 문제가 아닌 조직과 문화의 문제라
면 반드시 해결하겠다는 의지와 노력이 중요하겠지.

무엇보다 자기 자신을 귀하게 여기는 사람은 남을 모욕하거나 학
대하거나 해코지하지 않기 마련이야. 내 아들 하나의 안위를 떠나 부
디 세상의 아들들이 스스로 귀하고 높아졌으면 좋겠다.

'삶의 의미는 무엇인가'라는 질문을 받곤 하지만, 난 의미로 삶을 생각한 적이 없다.

의미의 억압에서 벗어나는 것이야말로 삶을 풍요롭게 한다.

네가 좋아하는 K선생님이 SNS에 올리신 일본의 영화감독 고레에다 히로카즈[是枝裕和]의 말이야.

의미 없는 시간이나 생활은 공허하지만, 때로는 의미에 대한 지나친 부담이 순간의 삶에 충실해지는 것을 가로막기도 하지. 복잡할 때는 복잡해야 하지만 단순할 때는 단순하게!

세상에 의미 없는 일, 의미 없는 경험, 의미 없는 만남이란 없어.

이럴 때 의미는 '가치'라는 말과도 바꿔 쓸 수 있겠지. 아무리 의미가 없어 보여도, 의미를 잊고 매몰된 것처럼 보이는 순간에마저 삶의 가치는 훼손될 수 없으니까.

아들아!

찜통더위, 불볕더위, 염소 뿔도 녹는다는 큰 더위에 훈련받느라 고생이 크지만 네가 얼마나 귀한 사람인지, 가치 있는 존재인지 잊지 말고 부디 자중자애, 자중자애하기를! (7월 22일)

무엇보다 자기 자신을 귀하게 여기는 사람은
남을 모욕하거나 학대하거나 해코지하지 않기 마련이야.
내 아들 하나의 안위를 떠나
부디 세상의 아들들이 스스로 귀하고 높아졌으면 좋겠다.

편지에 정성을 싣던 시절

드디어 세 번째 편지를 받았다. 두 번째가 좀 많이 늦었고, 이번엔 일주일 만에 왔네.

얼마 전까지 하루에도 수차례 문자며 전화며 인터넷 메신저를 주고받다가 갑자기 그 모두가 끊기니, 적막하구나. 하물며 작년 한 해 기숙사에 있을 때에도 매일 아침저녁 안부 인사를 나누고 주말마다 꼬박꼬박 집에 다녀갔는데.

이렇게 멀리서, 이렇게 오래, 이렇게 소식이 끊긴 채 떨어져 지내는 건 엄마와 네가 태(胎)로 이어진 이래 21년 만에 처음이구나.

맞아, 옛날엔 이랬을 거야.

네게서 온 편지를 몇 번씩이나 거듭해 읽다가 문득 생각했어.

다들 이랬겠지. 며칠이나 걸려 어렵게 받은 편지를 읽고 또 읽으며 안타까워하고 그리워했겠지. 그때는 휴대폰도 이메일도 하다못해 이젠 골동품이 되어버린 삐삐나 유선 전화마저 없었으니 말이야.

그러던 차에 가회동의 '북촌박물관'에서 '간찰(簡札), 조선의 삶 이야기' 전시회를 한다는 소식을 듣고, 광화문에 '장예원 터' 표석을 취재하러 나간 김에 겸사겸사 들렀어.

참고로 말하면 장예원은 조선 시대에 노비에 관련된 사무를 관장하던 관청인데, 임진왜란 때 선조가 한양을 버리고 도망간 뒤 노비들이 장예원에 보관된 노비 문서를 불태우려다가 경복궁까지 홀랑 태운 대화재의 발화점이기도 하지. 지금은 프랜차이즈 커피숍 앞 녹지에 달랑 자그만 표석 하나로 흔적이 남아 있지만.

한여름에 서울 도심은 오히려 한가하지. 다음 주쯤 여름휴가가 피크에 달하면 더 그럴 테지만, 토요일인데도 북촌 골목이 한산해서 걷기 좋았어.

네가 있으면 분명히 같이 왔을 텐데, 박물관을 나와서 손만두를 먹으며 전시를 본 감흥을 주고받았을 텐데, 홀로 앞서가는 내 그림자를 보며 생각했어.

음악 공연이라면 장르를 가리지 않고 좋아하고, 미술 전시 또한 회화와 조각과 사진 등을 막론하고 흥미로워했던 너였으니.

엄마는 널 피아노 학원이나 미술 학원에 보내고 싶지 않았어. 엄마가 직접 경험한 바로 그런 학원들은 오히려 날 음악 미술과 멀어지게 했거든. 엄마는 피아노 치기가 너무 싫어서 만날 땡땡이칠 궁리뿐이었지. 데생을 하고 정물화를 그리는 일은 눈곱만큼의 재미도 없었어.

어려서 피아노와 미술을 배워두어야 음악과 미술 실기에 도움이 된다는 사실보다 중요한 건 어려서부터 음악과 미술을 향유할 능력을 기르는 거겠지. 예술이야말로 삶을 더 즐겁게, 아름답고 풍부하게 만들어주니까.

일주일에 몇 번씩 가서 수업을 받아야 한다는 부담 대신 무시로 공연과 전시를 통해 음악과 미술을 접하면 일단 예술에 대한 진입 장벽이 낮아지지. 어렵거나 지루할 것 없이 자연스러워지고.

세상에는 해야 할 일들이 너무도 많아. 그러니 예술까지 그 당위에 포함될 필요는 없는 거야.

어쨌든 엄마는, 지당하게도 그래야 할 이유가 없지만, 내세울 재주와 실력은 없을지라도 예술을 진정으로 사랑하고 즐기는 네가 자랑스럽고 사랑스러워.

작은 전시관에 소박한 내용이라서인지 휴일임에도 다른 관람객이 전혀 없어서 엄마 혼자 3천 원 입장료에 전시실을 독차지하고 20여 편의 간찰들을 찬찬히 둘러보았어.

'간찰'은 대나무와 나뭇조각에 쓴 조선 시대의 편지를 가리키는 말이야. 나중에는 종이나 비단에 쓴 것까지 포함해서 말하게 되었지. 오늘 본 전시물들은 그중에서도 언간인데, 언문 그러니까 한글로 쓰인 편지를 가리켜. 간찰의 특징은 여성과 남성 혹은 여성과 여성이 주고받았다는 것인데 어느 한편이 반드시 여성이라는 사실이 특이해.

어머니가 아들에게, 아버지가 딸에게, 조카가 이모에게, 시조부가 손자며느리에게, 고모가 조카에게, 여동생이 오빠에게, 출가한 딸이 친정어머니에게……. 한글 초서체로 쓰인지라 내용을 알아보긴 쉽지 않지만 도록에 설명된 대로 다들 소소한 일상의 편지들이야.

조선 시대 그들의 편지 내용도 지금 엄마와 네가 주고받는 것들과 전혀 다를 바 없지.

어디라도 아플까 봐 걱정하고, 괜찮다고 안심시키고, 지난 편지를 받았다고 기뻐하고, 소식을 몰라 궁금해하고, 어려움을 겪고 있다니 안타까워하고, 볼 수 없어서 그리워하는…….

유일한 장거리 통신 수단이 편지뿐이었던 조선 사람들은 편지에 정성을 실었지. 마음을 온통 쏟았지. 그래서 지인이 사는 곳 부근으로 가는 인편이 있으면 별일 없이도 반드시 편지를 쓰고 전했다네.

아무 때나 전화할 수 있고 문자와 메시지를 보낼 수 있고 심지어 화상 통화까지 할 수 있는 작금에 우리는 우리의 마음을 그만큼이나 더 빨리, 정확히, 많이 전달하고 있는 것일까?

보는 듯 잊히지 아니하고, 눈에 가물가물 보이는 듯 그립습니다.

어느 때나 볼지 몹시 슬프고 섭섭합니다.

1838년 무술년에 이(李)라는 여인이 띄운 마음이 백칠십여 년 후의 마음과 다를 바 하나 없네. 오래 기다려 전하고 전해 받는 마음이 더 귀하게 느껴지는구나.

혜준, 엄마도 네 편지를 읽으며 공간을 초월해 곁에 있는 듯한 기분을 느낀단다.

오늘도 무더위에 몸조심하고, 물 많이 먹고 잠 푹 자거라. (7월 23일)

훈련소에서의 독서

벌써 그곳에서 세 번째로 맞는 일요일이구나.

입소식 날로부터 20일째, 수료식까지는 앞으로 18일이 남았으니 바야흐로 절반이 꺾인 셈!

본격적인 훈련들은 후반에 집중되어 있지만 익숙함이 주는 가속도가 있어서 앞으로 시간이 훨씬 수월히 흐르는 걸 느끼게 될 거야.

물론 20일이라는 시간이 아주 짧은 건 아니야. 그렇다고 또 엄청나게 긴 것도 아니지.

하지만 예상컨대 너는 문득문득 20일 전의 너 자신이 까마득하게 느껴질 거야. 너무나 다른 환경 속에서 낯선 친구들과 너무도 다른 일과를 보내다 보면 완전히 다른 세상에 온 듯한 기분이 들기도 하겠지.

그런 기분을 느낄 때, 아마도 고독하겠지. 늘 수많은 사람들 사이에서 사람들과 함께 움직이고 있음에도 뿌리칠 수 없는 고독. 세상으로부터 단절되고 소외되었다는 생각에 우울할지도 몰라. 바깥 세계와 분리되어 고립된 느낌, 세상으로부터 잊히거나 세상을 잊어가는 듯한 막막함이지.

그래서 엄마는 네가 훈련소에서 그 바쁜 와중에 1박 2일간 대여되고 매번 갱신해야 하는 번거로운 과정을 감수하면서까지 책을 빌려 읽고 있다고 했을 때 정말 다행스럽고 기뻤어.

처음으로 빌린 책은 『정글만리』, 그리고 두 번째는 『피로사회』라고 했던가? 녀석아, 그 책들 다 우리 집에 있었단다. 엄마가 그렇게 귀에 못이 박히도록 읽으라고 잔소리를 해도 눈썹 하나 까딱하지 않더니만……

넌 일찍이 작가 아들은 당연히(!) 책을 좋아하고 많이 읽으리라는 편견에 넉덕스런 유머로 대응하곤 했지.

"책은 가장 많이 읽지 못했지만, 책 제목은 가장 많이 읽었죠!"

하긴 지금까지의 네 생활이 그다지 책 읽기에 좋은 환경은 아니었지. 학교 수업에서 요구하는 것들이 많아서 항상 과제에 시달렸고 학점을 챙기려면 예습과 복습도 미룰 수 없었으니 말이야. 게다가 스마트폰이며 온갖 전자 기기들이 제공하는 감각적이고 자극적인 재미가 널린 세상이니 여가가 있다고 해도 유혹적인 것들이 따로 있었지.

아니, 그런대도 그게 책을 읽지 않는 데 결정적인 이유는 될 수 없어. 그냥 네 곁에 책이 없었던 거야. 책을 가까이하는 습관이 없으면서 막연히 책을 읽어야 한다, 읽어야 한다고 스트레스만 받았던 거지.

군 생활 중에 책을 많이 읽고 싶다는 건 정말 고무적인 일이야. 앞으로 운전병으로 수송 업무를 수행하다 보면 자연히 대기 시간이 생길 테니 부디 지금껏 제목만 보고 스쳐 지나갔던 책들을 마음껏 읽고 오길.

실제로 평생에 걸쳐(그래봤자 이십여 년에 불과하긴 하지만) 읽은 책보다 군대에서 읽은 책들이 더 많다는 친구들도 종종 있거든. 짐짓 무의미할 수 있는 시간을 가장 유의미하게 쓴 좋은 예라고 할 수 있지.

꿈이 없다고, 앞으로 어떻게 살아야 할지, 뭘 하고 싶은지도 모르겠다고 토로하는 청춘들에게 엄마는 지금 당장 할 수 있는 일로 두 가지를 권해.

책 읽기, 그리고 운동.

몸과 마음을 건강하게 하는 것만으로도 청춘의 준비는 충분하다고 생각해. 기초가 튼튼하다면 그 위에 언제라도, 어떤 집이라도 지을 수 있지.

아들에게 어떤 책을 권해줄까, 자대 배치되면 뭘 보내줄까 즐거운 고민을 해봐.

일단 7권까지 읽다가 멈춘 『임꺽정』부터 완독하고, 김구용 판 『삼국지(삼국지연의)』 10권, 대하소설 읽기에 취미가 붙으면 『토지』와 『태백산맥』까지 읽으면 좋겠지.

『달과 6펜스』와 『수레바퀴 아래서』와 『대위의 딸』과 『아Q정전』과 『금각사』 등등의 고전 소설들, 『논어』와 『맹자』, 그리고 니체의 모든 책과 스피노자의 『에티카』 등 철학서들, 『황금가지』와 『슬픈 열대』 등 문화사와 인류학 책들, 클라우제비츠의 『전쟁론』과 『난중일기』와 '악의 평범성'에 대해 문제 제기하는 『예루살렘의 아이히만』 등도 읽어야겠지? 네가 사랑하는 시(詩)와 한국 현대 소설, 그리고 지금껏 엄마가 쓴 책들도 이번 기회에 모두 읽었으면 좋겠고.

세상에는 좋은 책들이 너무너무 많아. 엄마가 권하거나 추천서 목록으로 제시된 것들이 아니더라도 네가 책을 읽다 보면 스스로 독서의 길을 찾게 될 거야. 엄마의 가슴이 다 두근두근하는구나!

세계 기상 기구(WMO)가 올해를 기상 관측 사상 가장 더운 해로 예상했다는 뉴스가 떴네. 이렇게 더울 때 그곳에 있는 너를 생각하니 걱정에 걱정, 시름에 시름이 더한다.

엄마는 군복을 입어본 적이 없어서 두께가 얼마큼이고 통풍은 얼마나 되는지 알 수 없지만, 살성 약한 내 아들이 분명히 땀으로 목욕을 해서 땀띠투성이가 되었을 것 같아.

일과 끝나면 깨끗이 씻고 잘 말리고 보내준 땀띠 로션을 흔들어서 펴 발라라. 땀띠 난 동기들이 있으면 나눠 바르되 바르는 솔이 여러 사람의 피부에 닿지 않도록 조심하렴.

천상천하 유아독존! 그건 본래 오만이 아니라 자존의 말이야. 너 자신을 지켜라. 너 자신을 놓치지 마라. 귀하고 높은 아들, 스스로를 잘 보살피길! (7월 24일)

무조건적인 사랑의 이름

받은 만큼 줄 수 있는 사랑

또 새로운 한 주가 시작됐구나.

계획된 일정대로라면 이번 주에는 지난주 시작한 사격에 이어 수
류탄 훈련을 하겠네. 개인 화기와 소형 폭탄을 다루는 일인 만큼 긴
장과 집중이 꼭 필요한 시간일 것 같아. 교관님들이 잘 지도하시고
다들 주의하고 조심하겠지만 너도 각별히 신경 써서 무사히 훈련 마
치길 엄마는 간절히 빌 뿐이다.

아들에게 이렇게 편지를 쓸 때면 마주 앉아 도란도란 이야기를 나
누는 것 같아.

그래서 엄마에겐 커다란 기쁨이자 위안이지만, 언제부터인가 마음
한구석에 아주 조그만, 그렇지만 분명한 가시 같은 게 따끔거리곤 해.

왠지 미안한 느낌, 그래서 불편한 느낌.

도대체 누구에게 왜 그런지 엄마의 마음을 가만히 들여다보니 두 가지 때문이더구나.

먼저 하나는 너처럼 매일 편지를 쓰는 엄마를 갖지 못한 친구들에 대한 거야.

엄마가 바쁘거나 편지 쓰는 걸 별로 좋아하지 않아서라면 할 수 없지만, 돌아가셨거나 떨어져 살거나 어쨌든 엄마가 없는 경우 의도치 않았더라도 상처를 주지나 않을까 하는 것.

세상의 기준으로 결핍과 충족을 재단하는 것 자체가 오만일 수 있지만 분명 엄마라는 이름이 주는 무게가 만만치 않으니까 말이야.

그런데 타인의 상처를 헤아리는 것만큼이나 중요한 게 섣부른 동정을 하지 않는 일일지도 몰라. 난 그렇게 생각해. 엄마라면 일단 낳아주고 길러준 생물학적 엄마부터 떠올리지만 엄마라는 이름은 그것에 한정 지을 수 없는 훨씬 크고 넓은 의미를 지니고 있다고.

세상 모두에게는 엄마가 필요해.

엄마는 무조건적 사랑의 이름이야.

세상에 단 한 사람, 나를 끝까지 믿어주는 존재의 이름이야.

마지막까지 나를 용서하고 기다려주는 사람의 이름이야.

그러니까 엄마는 엄마일 수도 있고, 아빠일 수도 있고, 할머니이거나 할아버지거나 삼촌이거나 선생님일 수도 있고, 목사님이나 스님

일 수도 있으며, 어쩌면 옆집 아주머니 아저씨일 수도 있지.

다른 하나는 좀 엉뚱하달 수도 있는데, 엄마의 엄마와 아빠, 할머니와 할아버지에 대한 거야.

처음엔 엄마 자신조차도 왜 너에게 애정을 표현하는 게 할머니 할아버지께 미안하고 불편한지 몰랐어. 곰곰 생각해보니 남들 보기와 달리 보수적인 엄마의 정서 깊숙한 데 숨은 유교 사상 때문인 듯하더라.

한 세대 전만 해도 부모님 앞에서 아들딸을 안아보지도 못했다는 사람들이 꽤 있었어. 그건 유교에서 가장 중요한 가치가 바로 효친(孝親)이니 부모에게 효도하는 것보다 제 자식을 사랑하는 게 우선되어서는 안 된다는 논리였지.

『소학』에 나오는 맹자의 세속소위불효자오(世俗所謂不孝者五), 즉 세속에서 말하는 이른바 다섯 가지 불효 중에 세 번째가 바로 이 대목이란다.

'호화재사처자(好貨財私妻子)하며 불고부모지양(不顧父母之養)이라.'

돈을 많이 벌어서 풍족하게 살면서도 자기 부모를 모른 체하고, 처자식에게는 돈을 아끼지 않고 쓰면서도 부모에게는 인색하게 군다면 그것 역시 큰 불효라고.

그런데 더 재밌는 건 말이야, 유교에서 자식보다 부모를 먼저 챙기라고 강조하며 윤리의 못을 쾅쾅 박았던 명분은 이런 거였어. 자식에 대한 애정은 부모에 대한 효심보다 본능의 정도가 훨씬 강하기 때문에, 앞의 것은 억제시켜도 되지만 뒤의 것은 촉진시켜야만 겨우 가치가 실현된다는 거야.

한마디로 말하면 내리사랑이 본능이니 강제라도 치사랑을 실천해야 한다는 것!

깊숙이 잠재된 그런 의식 때문에 엄마는 공개적인 게시판에다 내 아들을 사랑한다고 동네방네 외치기가 멋쩍었던 모양이야.

좀 우습긴 하지? 엄마는 질풍노도의 사춘기를 거치면서 문학을 합네시고 방황과 반항으로 할머니 할아버지의 속을 새카맣게 태운 바 있는 자타 공인의 불효녀였으니까.

이러저러한 열없음과 민망함에도 불구하고 실제로는 요즘이 엄마가 할머니 할아버지께 가장 효도하는 시간이 아닌가 싶어. 하나밖에 없는 손자에 대한 열렬한 애정과 관심으로 인터넷 카페에 가입해 편지 쓰는 법까지 새로 배운 할머니 할아버지가 엄마 못지않게 부지런히 네게 편지를 쓰며 뜻밖의 활력을 얻으셨으니! 혜준, 네 덕분에 엄마가 40여 년 만에 효도를 하는구나.

그리고 한 가지 더 중요한 사실은, 엄마가 네게 쏟는 정성과 사랑은 결국 할머니 할아버지에게서 받은 것들의 물림이라는 거야. 내가 받은 만큼 네게 줄 수 있지. 내가 받았으니 네게 줄 수밖에 없지.

오늘은 기왕 문자를 쓴 김에 마지막 인사도 그리 전할게.

노나라 재상 맹무백이 공자에게 효에 관해 물었어. 공자의 대답인

즉 '부모유기질지우(父母唯其疾之憂)'라. 부모는 오직 자식이 병들까 근심한다는 뜻.

아프지 마라. 다치지 마라. 반드시 명심, 명심하길. (7월 25일)

엄마가 네게 쏟는 정성과 사랑은 결국
할머니 할아버지에게서 받은 것들의 물림이라는 거야.
내가 받은 만큼 네게 줄 수 있지.
내가 받았으니 네게 줄 수밖에 없지.

다가올 미래를 기대하며

무더위에 오늘도 훈련 잘 받았니? 일기 예보로 확인한 임실의 최고 기온은 33도! 더워서 여름이고 추워서 겨울이겠지만 올여름은 유난히 더위가 극성이니 아들의 고생이 크구나.

그래도 내일이면 중복이고 8월 7일이면 벌써 입추란다. 견디며 기다린 만큼 새로운 계절이 가까워진다.

가을에 자대 배치받고, 이등병으로 겨울을 나서, 봄이 오면 팔자가 피기 시작한다는 7월 군번의 행복한 미래를 믿으며, 힘내라, 힘내자 혜준!

지난주 화생방 훈련을 마치고 나서 쓴 네 번째 편지를 받았단다. '생각보다는 덜 힘들었고 생각보다 훨씬 더 빨리 모든 게 끝났'다는 표현에서 후련함과 함께 자신감이 느껴지는구나.

긴장한 탓에 약간은 버벅거렸지만 정화통을 쓸 때 생활관 전우가 도와줘서 다시 살아났다니 누군지 모를 그 친구에게 엄마도 정말 고맙네. 지난번 편지에서 상점을 모아 16생활관 단체로 PX 이용권을 따냈다는 소식을 들었을 때도 그랬지만, 혼자서는 견디기 힘든 일이라도 함께하기에 이겨나갈 수 있는 것 같아. 군대는 상명하복의 질서가 분명한 조직이지만 동병상련으로 서로의 처지와 마음을 헤아리는 동기들이 있다면 큰 위로가 되겠지. 요즘은 내무반을 동기 생활관으로 운영하는 부대가 꽤 많다던데 너에게도 그런 행운이 주어졌으면 좋겠구나.

가장 두려워하고 걱정했던 초반의 고비를 넘기고 나니 각개 전투가 진흙탕 놀이 같고 사격도 사격장 나들이가 될 것만 같다고……. 부디 그 패기를 훈련이 끝날 때까지 간직하길!

집에서 양말 한 짝 제 손으로 빨아본 적 없는 아들이 매일 손빨래를 하고 있다는 대목에선 저절로 웃음이 터졌어. 엄마가 너무 온실 속의 화초로 키운 게 아닌가 걱정했었는데 조금 서투르긴 하겠지만 스스로 앞가림을 하는 모습이 대견하기 이를 데 없구나. 옷은 잘 입고 다니니 걱정 뚝 그쳐도 된다기에 아들 말만 믿고 걱정 뚝 그치겠다.

제대한 다음에도 이런 독립심과 생활력이 유지되었으면 좋으련만, 앞서 경험한 엄마들의 증언으로는 제대하고 사흘만 지나면 다시 21개월 전의 내 아들로 돌아온다는데……. 배신당할 때 배신당할지라도 지금은 아들을 믿어볼래!

응급처치 교육받을 때 여러 번 묶어야 하는 지혈법 과정을 무사히 합격 통과한 데 이어 소총 분해 결합 실습과 평가도 1, 2차 모두 2분 40초의 주어진 시간 내에 거뜬히 완수했다니, 이제 내 아들도 '곰손'의 불명예에서 벗어나나 보다.

그래, 무딘 손으로 서두르느라 손끝은 좀 아팠을지라도 네 말대로 연습하면 다 된다. 남들이 보기엔 하찮은 일이라도 그렇게 하나하나 성취와 승리의 경험을 쌓다 보면 언젠가 네가 원하는 일을 거뜬히 이뤄낼 수 있을 거야.

'생각보다 훨씬 더' 군 생활을 잘하는 아들을 보면서 다행스럽고 자랑스러운 한편 얼마간의 반성도 된다. 지금까지 엄마의 마음속에 태산처럼 쌓여 있던 걱정이 어쩌면 아들을 믿지 못하는 데서 비롯되지 않았나 하는 것.

대안 교육에서는 부모들에게 항상 아이들을 믿어라, 믿는 만큼 성장한다고 강조하지만 기실 엄마는 믿는 척만 했을 뿐 은밀히 불신하고 있었는지도 몰라. 물론 그조차 너에 대한 사랑에서 비롯된 염려였다는 건 분명하지만, 이제야 비로소 아들을 있는 그대로 지켜보고 믿어주기를 미룰 수 없다는 생각이 들어.

'군인누리 전역일 계산기'라는 재미있는 앱이 있어서 휴대폰에 깔았는데 그걸로 확인하니 오늘로 혜준이 내 아들이 된 지 7,180일째 되는 날이란다. 그리고 네가 내 품으로 돌아올 날은…… 으흠, 계산기가 앞으로 며칠이 남았다고 알려줬는지는 너에게 알려주지 않으련다(차마 알려줄 수가 없다). 어쨌거나 국방부의 명품 시계가 부지런히 움직여 그 시간은 오고야 말 테고, 그때라면 아들만큼이나 엄마도, 우리의 관계도 이전과 다른 것으로 변화하리라는 예감이 드는구나.

그때까지, 우리 존재 화이팅! (7월 26일)

늙어간다는 것

너와 함께 보았던 분꽃이 시들고, 혜준아, 봉숭아가 피었구나.

아마도 너는 기억하지 못하겠지만, 자그만 반달 같은 네 손톱에 엄마가 봉숭아 꽃물을 들여주었지. 손톱을 물어뜯는 나쁜 버릇이 생기기 전이라 넌 그저 신기하고 재밌어하며 엄마에게 통통한 손을 맡겼어. 비닐로 싸매고 무명실로 친친 감아 조심조심했지만 한바탕 꽃잠을 자고 난 후엔 다 풀려서 올 아들의 손톱에 남았던 건 희미한 붉은 흔적뿐.

네가 기억하지 못하는 어린 날의 기억은 온전히 엄마의 것, 꽃이 피고 질 때마다 보물 상자처럼 가만히 들여다보네.

오늘은 중복. 식단을 확인해보니 아들은 점심에 전복삼계탕을 먹겠구나!

그래서 엄마도 운동 다녀오는 길에 굴다리시장에서 닭 한 마리를 샀어. 마늘이랑 대추 많이 넣고 푹 끓여서 울 아들이랑 마주 앉아 먹는 듯 맛있게 먹어야지, 생각하면서. 전복은 너무 비싸서 못 샀지만 대신 냉동실에 보관된 할머니가 보내주신 강릉 문어를 넣으면 딱 좋겠더라. 삼계탕에는 전복 말고도 낙지, 문어, 해삼 등 다양한 해산물이 어울린다네.

그렇게 룰루랄라 집에 돌아오는데 굴다리 올라오는 계단참이 시끌시끌해. 시장 점포의 주인아주머니들이 쏟아져 나와 있고 연세 있어 뵈는 아저씨 한 분이 그 가운데서 누군가를 향해 목소리를 높이고 계신 거야.

여기 다시는 오지 마라, 여기서 박스 주워 가는 걸 아주 못하게 하겠다……. 마구잡이 떠들썩한 외침으로 짐작해보니 시장에서 폐지를 줍는 분이 뭔가 실수인지 잘못인가를 하셨나 봐. 그러고 보니 저만치 앞에 종이 박스를 쌓은 수레를 끌고 가는 할머니의 뒷모습이 보이네.

마침 가는 길이 그쪽이라 지나치다가 할머니의 얼굴을 보았어. 시장 한복판에서 욕을 먹고 삿대질을 당하면서까지 이악스레 폐지를 줍던 할머니의 얼굴은 뜻밖에 너무 얌전하고 평범하더라. 우연히 엄마와 눈이 마주쳤는데 계면쩍은 듯 설핏 웃기까지 하셨어.

사연이야 알 수 없지. 할머니가 잘못을 했는지, 다른 분들이 야박한지, 그들 사이에 무슨 일이 있었는지. 하지만 스쳐 지난 그 잠깐의 풍경이 집에 돌아오는 길 내내 눈에 밟혔어.

할머니의 지난 삶은 어떤 것이었을까? 누구를 미워하고 누구를 사랑했을까? 어떤 기쁨과 어떤 슬픔을 맛봤을까? 지금 그리고 앞으로 남아 있는 삶이란 어떤 의미일까?

생로병사의 순환 과정에서 누구도 자유롭지 않음에도 불구하고 우리는 영원히 젊을 것처럼, 늙고 병들고 죽지 않을 것처럼 착각하고 살지. 어쩌면 푸시킨의 시구처럼 '삶이 그대를 속이'기 전에 스스로를 속이며 사는지도 몰라.

엄마는 어제 신용카드를 잃어버렸어. 아무리 생각해도 어디서 빠뜨렸는지 기억이 나지 않아. 재빨리 분실 신고를 해서 손해야 입지 않았지만 재발급이며 자동이체며 귀찮게 되었지.

요즘 엄마는 점점 더 실수를 많이 해. 지난번에도 용인에 다녀오려고 집을 나섰는데 양재 시민의 숲에서 내려 신분당선을 타는 게 최단 거리 코스라는 걸 분명히 알면서 또 실수를 했지. 아무 생각 없이 강남역이라고 적힌 것만 보고 노선도 확인하지 않은 채 버스를 잡아 탄 거야.

그런데 어어어, 이게 강남역에 가긴 가는데 우면동을 거쳐 서초동까지 한 바퀴 빙 돌고 가는 버스였지 뭐야! 약속 시간까지 넉넉잡고 나와서 여유가 있을 줄 알았는데 웬걸, 10분쯤 늦겠다고 문자 메시지를 보내자마자 퇴근길 강남의 무시무시한 교통 체증에 딱 걸려버렸네. 결국 서초역에서 내려 부랴부랴 지하철을 타고 용인까지 가다 보니 꼬박 30분이 늦어버리고 말았어.

어처구니없는 '생쇼'를 하는 와중에 생각한 것이, 아들이 이 헛소동을 알았다면 어리바리하게 군다고 꽤나 타박을 했겠구나 싶더라. 요즘 들어 엄마가 부쩍 아둔해졌다고, 총기를 잃었다고 네가 답답해한 적이 많았잖아. 한때는 아들에게서 자기가 아는 가장 일 잘하는 사람이 엄마라는 찬사까지 들었는데…….

그래, 이상하기도 하지. 엄마도 하지 말아야 할 실수를 거듭하는 스스로가 한심할 때가 참 많아. 건망증이야 워낙에 있었지만 어떤 일에 대한 반응 속도가 부쩍 느려지고 동작도 굼떠졌지. 엄마도 나름 예민한 사람이기 때문에 내가 이전보다 둔감해졌다는 사실을 예민하게 알아챘지(참으로 모순적이면서 자연스러운 문장이구나!).

난 잠시 눈을 붙인 줄만 알았는데 벌써 늙어 있었고
넌 항상 어린아이일 줄만 알았는데 벌써 어른이 다 되었고

할아버지가 편지로 네게 전해주신 양희은의 노래 〈엄마가 딸에게〉의 가사처럼 엄마도 비로소 그 갈림길에 서 있나 봐. 아직은 늙었다고 말하기 민망하지만 더 이상 젊다고 우길 수 없는.

점점 아둔해지고 실수가 늘어가는 엄마를 네가 이해하길 바라. 네

가 기대하는 만큼의 젊고 총명한 엄마는 더 이상 없을지도 몰라.

하지만 엄마는 내가 늙어간다는 사실보다 네가 어른이 되어가고 있다는 사실이 더 기쁘구나. 그래서 쓸쓸하지만 즐겁게, 쓸쓸하지만 더 맛있게 나이를 먹어가려고.

오랜만에 중사님이 올려주신 훈련 사진에 아들들이 개인 화기 기록사격을 하고 있네. 이번 주까지 소총과 수류탄 훈련을 끝내고 다음 주부터 각개 전투를 진행한다니, 덥고 짜증 나더라도 좀 더 침착하고 신중하게, 인내심을 발휘해 무사히 훈련을 마치길 빌어. 기운 내라, 아들! (7월 27일)

엄마 손을 놓지 않던 어린아이

오늘도 많이 더웠지?

삼복더위 속에 아들을 훈련소에 보내놓고 엄마는 아무것도 해줄 수가 없어 뜨거운 하늘을 원망의 눈길로 바라보다가 다시 컴퓨터 앞에 앉는다. 그나마 엄마의 마음을 전할 수 있는 건 이 짧은 편지뿐, 아들이 저녁에 일과를 모두 마치고 생활관에 돌아왔을 때 엄마의 편지가 기다리고 있으면 조금이나마 고단한 하루를 위로받지 않을까 싶어서.

그나마 오늘 오후 인터넷 카페에 정훈장교님이 스프링클러를 이용해 복사열을 낮추는 등 폭염에 대한 조처를 취하는 모습을 사진으로 올려주셔서 마음이 조금 놓였어. 신병들이 더위로 인해 온열 손상을 입는 걸 막기 위해 최선을 다하고 있다니, 3중대 아들들 하나라도 다치지 말고 아프지 말고 8월 11일 수료식에서 건강한 모습으로 만났으면 좋겠네.

어제 할아버지가 할머니와 함께 강원도 고성에 강의하러 갔다 오시면서 오가는 군용 차량을 모조리 세고 운전병을 하나하나 다 확인했다고 편지에 쓰셨지?

소형차가 대여섯 대, 중형 스리쿼터 한두 대, 대형 트럭 두 대, 미니버스 한 대, 대형 버스 한 대, 대형 트레일러를 실은 차까지……. 최북단 지역이라 꽤 많이 눈에 띄는 군용 차량을 반가워하며 꼼꼼히 헤아리고 살펴보는 할머니와 할아버지의 모습이 엄마 눈에도 선하구나.

그 차량을 운전하는 운전병들이 모조리 손자 혜준이같이만 보였겠지!

그리움으로 마음이 기울어져 있으면 감각들이 참 이상한 조화를 부려.

엄마도 지난번 강남 고속버스 터미널에 볼일이 있어서 나갔는데, 물론 터미널이라서 그랬겠지만 온 사방에 군인들이 득시글거리는 거야. 갑자기 휴가와 외박이 넘쳐서 병사들이 부대 밖으로 풀려나온 건 아닐 테고, 엄마의 눈이 기가 막히게 군복 입은 청년들을 골라내고 있었던 거지.

훈련병 엄마에게는 말마따나 병장이 오대 장성 중 하나로 보이고,

권력의 최고봉이라는 꺾인 상병, 일명 상꺾은 태산같이 우러러 보이고, 일만 하는 일병이라지만 부럽기가 이를 데 없고, 포상인지 신병 휴가인지 모르지만 작대기 하나 달고 나온 이병조차 반갑고 애틋하네.

지하철 안에서도, 인구가 그리 많지 않은 이 작은 동네에서도 어쩌면 군복은 그리도 눈에 잘 띄는지 몰라. 병사를 발견하면 시야에서 완전히 사라질 때까지 누가 보면 이상한 아줌마라고 할 정도로 뚫어져라 쳐다보곤 해.

엄마는 그 병사들을 통해 아직 보지도 만져보지도 못한 아들의 군복과 베레모와 전투화를 하염없이 바라보고 있었던 거야. 그러다 보면 낯설지만 낯설지 않은 새카맣게 탄 그 얼굴에 누군가의 얼굴이 겹치면서 울컥하고 말지. 아들아, 보고 싶구나…….

어쩐지 마음이 싱숭생숭하고 발끝이 간질간질해 집에 들어왔다가 저녁참에 다시 나가보니 우편함에 네가 보낸 다섯 번째 편지가 꽂혀 있네! 이제 배달 주기도 안정이 되어 꼬박꼬박 닷새 만에 편지가 도착하는구나.

생활관 내에서 정훈팀장을 맡은지라 촌극(?) 만드느라 힘들었다니, 열심히 하되 너무 잘하려고 마음고생까지는 하지 말았으면 싶네. 그래도 나서서 이끄는 일을 썩 좋아하지 않는 네가 책임을 다하기 위해 애쓰는 모습을 보니 그 모두가 새로운 경험으로 남을 것 같구나.

앞으로 남은 훈련들이 집중력을 요하는 것들이라 생활관 내에서도 군기(軍氣)를 잡을 필요가 있을 거야. 긴장감을 유지하되 그 긴장에 사로잡히지는 않도록 마인드 컨트롤을 잘하렴.

다만 잠을 깊게 자지 못해 꿈길이 어지럽다니 이해가 되면서도 안타깝구나.

경험자들 얘기로는 훈련소에서 몇 번이나 집에 가는 꿈을 꾸곤 하는데, 집에 도착해서 현관문만 열면 잠이 깨어버리는 바람에 마음이 아팠다더라.

그런데 너는 11년 전으로 돌아가 엄마와 함께 캐나다 밴쿠버 땅을 밟는 꿈을 꿨다니, 꿈속에서 둘이 버스를 타고 환율을 계산하면서 여기 버스 요금은 왜 이리 비싸냐며 달리다가 깼다는 대목을 읽고 그만 코끝이 찡해지고 말았네.

잊을 수 없지. 그때 넌 한시라도 엄마의 손을 놓칠까봐 꼭 잡고 있었던 어린아이였고, 낯선 땅 낯선 언어 낯선 얼굴과 눈빛의 사람들 속에서 우리는 잠시도 긴장을 늦추지 못하고 있었으니까……. 어쩌면 지금과 비슷한 상황과 감정이 네게 그 시간을 상기시켰는지도 모르겠다.

그때 우리가 잘해낸 것처럼 지금도 넌 잘해낼 거야. 엄마는 아들을 믿어. 사랑해, 혜준! (7월 28일)

모든 것이 다 변한다 해도

네가 이 편지를 읽을 즈음엔 이번 주 예정되었던 사격과 수류탄 훈련이 모두 끝났겠구나.

난시가 심해서 안경을 쓰고도 교정시력이 썩 좋지 않은데 사격을 잘하려나, 긴장감 넘치는 수류탄 훈련은 어땠을까 걱정했는데 지금 이야말로 무소식이 희소식이리라.

모두들 무사히 잘 끝냈으리라 믿을게.

오늘은 네가 흥미로워할 만한 동네 소식을 전하련다.

알다시피 과천은 지금 한창 재건축이 진행 중이지. 오늘이 바로 1단지가 소거하는 마지막 날이라서 마지막까지 남았던 40가구가 한꺼번에 이사를 한다네. 그래서 운동을 가기 전 일부러 시간을 내서 나름의 '대이동'을 구경하기로 마음먹었어.

연거푸 몇 번이고 비가 온다는 일기 예보에 속았는데 오늘만큼은 오보가 아니었나 봐. 밤새 천둥 번개까지 치며 비가 오는 바람에 한밤중에 일어나 창문을 닫고 다시 잤네. 새벽까지도 폭우가 쏟아져서 오늘 운동을 땡땡이칠까 고민했는데 서서히 빗줄기가 가늘어져 나갈 만해졌어.

가뜩이나 이삿날 비가 오면 심란한데 완전히 소거하는 1단지의 풍경은 얼마나 쓸쓸하려나? 평소 다니던 길에서 비껴나 1단지를 빙 돌아서 체육관까지 가기로 했어.

내가 살던 곳도 아닌데 어쨌거나 20년간 오가며 봤던 집들이라서 그런가, 왠지 기분이 싱숭생숭 야릇하더구나. 폭우가 퍼붓는 와중에도 어찌어찌 이사를 했는지 엄마 눈에 띈 이삿짐 트럭과 사다리차는 대여섯 대쯤, 그들까지 모두 떠나고 나면 1단지는 정말 텅 빈 폐허가 되어버리겠지.

숲처럼 울울창창한 단지 내의 나무들은 어쩌려나? 뽑아서 옮겨 심을 데는 있을까?

혜준이 좋아하는 길고양이 한 마리가 무심히 길을 가로지르네. 며칠 후면 살벌한 철거가 시작될 텐데, 저 고양이는 무사히 어디론가 옮겨갈 수 있으려나?

위협적인 붉은 스프레이로 '공가(空家:빈집)'라고 써진 현관문을 바라보노라니 얼마 전까지 그곳에서 밥 먹고 잠자며 살던 사람들은 어디로 갔을까 궁금해졌어.

30년이 넘은 아파트에서 30년 동안 살았던 사람들도 떠났겠지. 그 자리에 평당 몇천만 원씩이나 되는 고급 브랜드의 신축 아파트가 들어서면, '원주민'이라고 불리는 그들 중 다시 돌아오는 사람은 일반적으로 20퍼센트를 넘지 못한다네.

80퍼센트 이상은 옮겨간 곳에서 뿌리를 내리거나 또 다른 곳으로 옮겨가겠지. 어디에 살든 정들면 고향, 인간은 어떤 환경에서도 살아낼 수 있는 적응의 동물이라니.

내 아들의 특이한, 그리고 특별한 취향. 폐역이 된 전국의 간이역을 찾아다니다 못해 건물이 사라지고 돌무지만 남은 절터, 폐사지(廢寺址)에까지 관심을 가지는 '폐허 덕후'의 신비한 취향!

엄마로서는 참으로 이해하기 어렵고 때로는 속 터지는 취향이지만 숨 가쁜 속도 속에서 쉽게 잃어버리는 고유의 정서를 소중히 하는 마음만은 참으로 보배롭고 사랑스러워.

네가 있었다면 분명 열심히 사진을 찍었을 텐데, 할 수 없이 엄마의 형편없는 실력으로 사진 몇 컷을 찍어두었단다. 그런데 너 같은 애수와 감상을 느낀 친구들이 또 있는지, 지난번 티브로드 유선방송에서 사라져가는 아파트를 기록하는 과천 청년들에 대한 뉴스가 나오더라. 나중에 전시회를 하게 되면 같이 가서 보자꾸나. 네 어린 날과 엄마의 젊은 날의 추억을.

누군가는 빨리 잊으려 하지만 누군가는 오래 기억하려 하지.

네가 제대할 때쯤엔 지금 진행 중인 7단지, 1단지, 6단지의 재건축 사업은 거의 마무리될 텐데, 그때면 내 아들이 생후 2개월 때 이사 왔던, 네가 '고향'이라 부르는 이 동네는 완전히 다른 곳이 되겠지. 건물뿐만 아니라 사람들도 물갈이될 테고.

낡고 불편하고 엘리베이터도 없는 저층 아파트였지만 그 낮은 집들 사이를 누비며 웃고 떠들고 모래 장난을 하던 어린 날의 내 아들과 친구들의 모습이 눈앞에 가물가물하구나.

엄마도 이것만은 절대 잊을 수 없지. 모든 것이 다 변한다 해도, 엄마는 지금도 그때처럼 변함없이 고운 영혼을 가진 널 사랑한단다. (7월 29일)

네게 바라는 단 한 가지

네 스스로 사랑을 일구는 일

다시 토요일이다! 이제 그곳에서 맞을 토요일이 딱 한 번 더 남았다. 야호!

아들에겐 시간이 더디게 느껴지는지 모르겠지만 엄마는 매일 일기 쓰듯 편지를 쓰다 보니 하루하루가 정신없이 가는구나.

최소한 네가 훈련소에 있는 동안은 하루에 한 통씩 꼬박꼬박 편지를 써야겠다고 마음먹은 건, 물론 아들에게 엄마의 애정과 걱정을 전달하는 게 가장 큰 목적이었지만, 또 하나의 숨겨진 이유가 있었지.

여자 친구 한 번 사귀어보지 못하고 군에 간 내 아들이 '곰신'을 가진 동기들 사이에서 헐벗은 맨발(?)로 서 있는 게 안타까워서였어.

어쩌다 하루도 빠짐없이 편지를 쓰는 일이 벅차다고 느껴질 때면 인터넷 카페 3소대 게시판에서 네 동기생들 몇몇의 근황을 확인해 봐. 그 친구들의 '곰신'은 하루에도 몇 통씩 위문편지이자 연애편지이자 그야말로 일기 같은 편지를 쓰지. 보고 싶다는 투정도 예쁘고, 나중에 휴가 나오면 무엇 무엇을 같이하자는 계획도 예쁘고, 알콩달콩 청춘의 핑크빛은 마냥 곱기만 하구나!

네가 경험시켜주지 않아서 나로서는 알 길이 없지만, 여자 친구를 가진 아들을 군에 보낸 엄마들은 나름대로 고충이 있나 봐.

부모들 사이에서 '통신 보약'이라고 불리는 포상 전화의 우선순위에서 번번이 밀리는가 하면, 훈련소 수료식에 가서도 부모는 아들을 하염없이 바라보고 아들은 여자 친구를 하염없이 바라보는 희비극(!)이 벌어지기도 한다는구나.

면회는 물론 휴가를 나와서도 여자 친구하고만 붙어 있고 싶어 해서 가족들은 아예 찬밥 신세니, 선배 엄마들은 차라리 여자 친구 없이 군대에 가는 게 효자일지도 모른다고까지 하셔. '일말상초의 법칙'으로 일등병 말에서 상병 초 사이에 부대마다 넘쳐나는 이별의 물결에서 열외인 것도 다행이라며, 이런 받아도 기분이 썩 좋지만은 않은 위로도 하시네.

그래도 '곰신'이 군 생활에 주는 힘과 위로를 엄마가 대신할 수는 없겠지. 그 사랑과 이 사랑의 빛깔이 분명히 다르니 말이야.

내 아들에게도 언젠가 연인이 생기겠지. 생겨야만 하지. 청춘에게 사랑은 의무라고 할 만해. 할 수도 있고 하지 않을 수도 있는 선택이 아니라 꼭 해야만 하는 의무인 까닭은, 다름이 아니라 청춘이기 때문.

돈이 없어 연애도 결혼도 아이를 낳는 일까지도 포기할 수밖에 없는 '삼포세대'에게 사랑이란 그림의 떡이라고, 아니, 하지 않고 싶어서 안 하는 게 아니라 안 생기는 걸 어떻게 하냐고 항변하는 '초식남'과 '건어물녀'와 '철벽남녀'에게도 예외는 없지.

물론 사랑이 마냥 꽃길이요 꿈길은 아니야. 사랑은 때로 위험하고, 치명적인 손해를 입히고, 청춘의 한때를 낭비하게 만들지. 사랑의 결과 또한 미니 시리즈나 로맨틱 코미디 영화에 나오는 해피엔드가 아니라 가족과의 불화, 펑크 난 학점, 텅 빈 지갑, 알콜성 위염과 불면증으로 나타날 수도 있고.

하지만 그러하기에 더욱 열심히 사랑해야 해. 사랑하기 위해 노력해야 해.

조금 무겁게 얘기하자면 사랑은 분리된 자아, 독립된 존재를 요구하기 때문이야. 낯선 상대를 바라보며 설레는 것은 네가 더 이상 엄마의 품 안에서 보호받는 어린아이가 아니라는 증거지. 넘어질까 두려워 걸음마를 배우지 않으면 영원히 걸을 수 없는 것처럼, 너는 사랑을 통해 성장해야 해.

또한 사랑은 사람에 대해 가장 깊고 자세히 배울 수 있는 수업이기도 하지. 사랑하는 동안 넌 어떤 한 사람의 마음을 얻고 한 사람을 이해한다는 것이 세계를 정복하고 통치하는 일만큼이나 어렵다는 것을 배우게 될 거야. 꽃의 속성을 알기 위해서는 그저 바라보는 것에서 나아가 손을 뻗어 꽃잎과 가시를 만져봐야 하지. 가시에 찔려 상처 입어 불면의 밤과 지독한 숙취의 새벽을 맞지 않고서야 세계와 인간, 그리고 나 자신의 절반 밖에는 알지 못하는 거니까.

엄마는 지금껏 편지를 쓰면서 엄마가 없을 때 이 편지들을 다시 읽을 아들을 줄곧 생각해왔어. 언제가 되었든 반드시 올 그날에 엄마의 편지가 조금이라도 힘이 되어주면 좋겠지만, 그보다는 아들 곁에 진정한 친구이자 동지인 누군가가 함께 있다면 더 좋겠구나.

거의 모든 사람이 생의 마지막 순간에는 사랑 때문에 후회해. 괜히 사랑해서 위험에 빠지고, 손해를 보고, 생을 낭비했다는 것을 후회하는 게 아니야. 대부분의 사람들은 더 사랑하지 못했음을, 그것을 제대로 표현하지 못했음을 후회하지.

엄마가 좋은 남녀 관계, 연인 관계의 모범이 되어줄 수 없어 미안하지만, 엄마는 아들을 약자에 대한 연민과 인간에 대한 애정과 현실에 대한 균형 감각을 가진 남자 이전의 인간으로 키우기 위해 최선을 다했다고 감히 자부해.

엄마가 할 수 있었던 일은 여기서 끝, 이제부터는 엄마의 아들이 아닌 성숙한 남자로서 네 스스로 네 사랑을 일구는 일만 남았지.

물론 그때까지는, 엄마가 기꺼이 네 맨발의 청춘의 벗이 되어줄게.

(7월 30일)

인생은 수정 계단이 아니지만

아들아, 내 말 좀 들어보렴.
내 인생은 수정으로 만든 계단이 아니었다.
거기엔 압정도 널려 있고
나무 가시들과
부러진 널빤지 조각들,
카펫이 깔리지 않은 곳도 많은
맨바닥이었단다.
그렇지만 쉬지 않고
열심히 올라왔다.
층계참에 다다르면
모퉁이 돌아가며

때로는 불도 없이 깜깜한

어둠 속을 갔다.

그러니 애야, 절대 돌아서지 말아라.

사는 게 좀 어렵다고

층계에 주저앉지 말아라.

여기서 넘어지지 말아라.

애야, 난 지금도 가고 있단다.

아직도 올라가고 있단다.

내 인생은 수정으로 만든 계단이 아니었는데도.

—랭스턴 휴즈(Langston Hughes), 「어머니가 아들에게」 전문

여전히 뜨겁디뜨거운 일요일, 폭염주의보를 알리는 긴급재난문자가 엄마의 휴대폰을 울릴 때, 아들은 교회, 성당, 법당 중 어느 곳에서 지친 영혼을 쉬고 있을까?

창밖에서(때로 베란다 방충망에 붙어) 미친 듯이 울어대는 매미 소리를 들으며 '할렘의 셰익스피어'라는 별명을 가진 미국 작가 랭스턴 휴즈의 시를 읽는다.

그는 남성 작가이기에 이 시의 화자라기보다는 화자인 엄마의 이야기를 듣는 아들 입장이라고 할 수 있겠지. 아니, 랭스턴의 엄마 캐리는 아버지가 떠난 집안의 가장으로 생계를 꾸리기에 바빠 아이를 외할머니에게 맡겼으니 시 속의 엄마는 실질적으로 행스턴을 기른 메리 할머니라고 할 수도 있겠구나.

미국에서 가장 오래된 남녀공학인 오베를린 대학(Oberlin College)에 최초로 입학한 여학생 중 한 명이었던 메리는 손자가 작가이자 인종차별 반대 운동가로 성장하는 데 큰 영향을 미쳤지. 어린 손자에게 흑인 사회의 구전 민담과 자신이 경험한 인종 차별 반대 활동을 들려주며 흑인으로서의 자부심을 심어주는 동시에 이야기에 대한 흥미를 일깨웠으니 말이야.

사랑하는 아들! 시를 읽으면서 엄마가 아들을 사랑한다는 게 무엇일까 생각한다. 아들이 받아들이는 엄마의 사랑이 어떤 것일까도 생각해보고.

전생의 인연설을 믿는 이가 말하길 엄마와 딸이 전생에 친구였다면 엄마와 아들은 전생의 연인이었다네. 오래된 이론이지만 프로이트의 성 심리학에서는 3세에서 5세까지의 남근기(phallic stage)에 '오이디푸스 콤플렉스'로 이성 부모에 대한 성적 접촉 욕구나 동성 부모에 대한 경쟁의식을 갖는다고 설명하고.

또 누군가는 한국의 엄마들이 아들에게 특별한 애정을 퍼붓고 심지어 집착하는 까닭을, '남성의 욕망은 쉽게 인정받지만 여성의 욕망은 죄악시되는 사회에서, 남편에게 사랑받지 못한 여자들이 애정의 대상으로 삼을 수 있는 이성은 아들이 가장 유력'하다고 씁쓸하지만 예리한 분석을 내놓기도 하더라.

어쨌거나 엄마가 자신과 성별이 다른 아들을 낳아 기르는 건 상당

언제가 되었든 반드시 올 그날에 엄마의 편지가
조금이라도 힘이 되어주면 좋겠지만,
그보다는 아들 곁에 진정한 친구이자 동지인
누군가가 함께 있다면 더 좋겠구나.

히 묘하고 특이한 경험이야. 네 이름을 지을 때도 그랬지만 엄마는 아들이면서 딸인, 딸이면서 아들인, 중성적이면서 성을 초월한 아이를 갖고 싶었거든. 하지만 너를 기르면서 남자와 여자의 분명한 차이 또한 깨닫게 되었고, 그 이해와 충돌의 과정을 통해 엄마가 경험해보지 못한 절반의 성과 삶을 알게 되었지.

가끔씩 지나치게 '상남자'로 커버린 아들이 엄마의 마음을 헤아리지 못하는 게 속상해 딸을 가졌으면 좋았을 거라고 농담 반 진담 반으로 투덜대기도 했지만 그게 원망이나 후회가 될 수는 없어. 영화 제목처럼 너는 내 운명, 무엇으로도 대체할 수 없는 하나뿐인 내 아가니까.

랭스턴 휴즈의 시를 읽노라니 아들에게는 엄마가 태어나서 처음 만난 여자인 동시에 인간이라는 생각이 확고해져.

일반적으로 엄마, 어머니는 희생과 헌신이라는 모성의 이미지로 상징되지. 물론 한 인간을 키워내는 데는 누군가의 희생과 헌신이 필요할 수밖에 없어. 하지만 그것이 모성의 신화에 갇혀버리면 엄마는 스스로 삶을 개척해 나가는 가운데 자식에게 멘토이자 스승이 될 수 있는 가능성을 빼앗겨버리지.

자신의 삶을 잃으면 누군가의 삶에 반드시 의지하게 되어 있어. 널 사랑하는 만큼, 엄마는 네게 그런 짐이 되고 싶지 않단다. 엄마 또한 수정 계단을 오르는 삶을 살지 못했지만 적어도 내 두 발로 단단히 버텨 서서 한 칸 한 칸을 올라왔으니.

사랑하는 내 아들, 너 역시 뒤돌아서지 마라, 주저앉지 마라.

내일부터 각개 전투와 행군, 불덩이처럼 달아오른 땅을 기고 밟고 달리게 되겠구나.

부디 스스로를 믿고 스스로를 돌보며 이 불의 터널을 무사히 통과하길, 엄마는 간절히 바란다. (7월 31일)

종합 각개 전투 훈련

드디어 열흘이다. 꼬박 열흘만 지나면 아들의 얼굴을 볼 수 있다!

많이 탔을까? 말랐을까? 살이 쪘을까? 편지에서처럼 엄마를 '어머니'라고 부를까?

그토록 행복한 만남을 가지려면 이번 주도 잘 보내야겠지. 아마도 이번 주 훈련이 고비이자 정점일 듯하구나.

〈훈련병의 품격〉 22편과 23편을 몇 번씩 반복해 보았어. 오늘부터 네가 할 숙영지 훈련과 종합 각개 전투 훈련에 관한 내용이야.

입영식 때 받은 주차별 신병 교육 일정에 숙영지 훈련은 나와 있지 않지만 4주 차에 야전 적응력을 키우는 훈련이 계획되어 있으니 아마도 각개 전투와 동시에 진행되지 않을까 싶어.

생활관에서 벗어나 야외 취침을 하는 숙영지는 산속이라서 잠자리가 추워 고생하는 일이 많다는데, 삼복더위에 훈련을 받으니 그거하나는 걱정이 덜 되는구나. 그래, 모든 일이 좋기만 한 것도 아니고 나쁘기만 한 것도 아니란다. 호사다마와 새옹지마가 다른 듯 같은 뜻일 게야.

부디 동기들과 힘을 모아서 삼각 텐트 잘 치고 모기 물리지 않게, 감기 걸리지 않게 조심하렴.

"훈련은! 전투다! 각! 개! 전! 투!"

그곳에서 두 번째로 맞았던 일요일에 교회에 갔을 때 수료식을 앞둔 앞 기수 훈련병들이 찬양을 하면서 추임새 넣듯 외쳤다는 구호가 곧 네 입에서 터져 나오겠구나.

종합 각개 전투 훈련은 훈련병들이 가장 힘들어하는 훈련 중 하나라는데, 어떤 신령한 존재의 옷자락에라도 매달려 빌어야겠다.

철조망과 배수관과 외나무다리 따위의 장애물도, 낮은 포복과 응용 포복과 뒤로 누워 포복의 쓰라림도, 고지를 향해 "돌격, 앞으로!"를 외치며 45도 산비탈을 달려 오르는 숨 가쁨도 거뜬히 이겨낼 수 있도록, 부디 아들의 몸과 마음에 힘을 주십사!

아들은 엄마 키를 훌쩍 넘어 자라 고개를 꺾고 바라봐야 할 만큼 컸지.

뼈가 굵어지고 어깨가 넓어지고 허벅지와 종아리는 단단해졌어.

코밑에 수염이 나고 울대뼈가 붉어지고 손도 발도 커다랗게 자랐지. 그렇게 아들은 남자로 자랐어. 남자가 되었어.

그런데도 여전히 엄마 눈에는 네가 한 사람의 남자라기보다 강보에 싸여 있던 새빨간 핏덩이로만 보이나 보다. 그래서 영원히 내가 보살펴야만 하는 여리디여린 새끼로만 취급하게 되나 보다.

아들이 등과 엉덩이에 땀띠가 나서 쓰라릴까 봐 걱정하지. 손가락을 자주 베이고 찔려서 상처 밴드를 더 보내달라는 말에 속상하지. 여름 감기 기운으로 가래가 끓는다는 말에, 맡은 임무를 완수하느라 마음고생깨나 했다는 말에 밤잠을 설치지.

언제까지고 엄마가 보호할 수 없다는 걸 알면서도, 이제는 연날리기하듯 훨훨 바람에 날려 보내야 할 때가 왔다는 걸 알면서도, 이토록 어리석게 품 안의 기억에 붙매여 사는구나.

아들은 엄마의 소유물이 아니지. 분명코 가장 귀한 보물이지만 나만의 것일 수 없지.

머리로 알면서도 가슴으로 받아들이지 못하는 게 바로 엄마의 모순이구나. 아들을 치마폭에 가두고 나약하게 만들고 싶어 하는 엄마가 어디 있겠니? 그건 사랑이 아니라 지배지. 사랑을 빙자한 폭력이겠지.

다만 아들아, 엄마가 조금만 더 걱정할게. 조금만 더 네 곁을 지킬게. 언젠가 네게 더 이상 엄마가 필요하지 않을 때까지, 쓸모없을 때까지만, 그래도 되겠니?

어느 훈련병 어머니의 편지에 보니까 아들이 군장하고 땡볕에 서 있으면 정신이 확 나가버릴 것만 같다고 썼나 보더라.

엄마는 사실 '정신력'이라는 말로 조건과 상황의 열악함을 눙치는 걸 그리 좋아하지 않지만, 이럴 때야말로 정말 정신을 똑바로 차리고 마음을 잘 다스리는 게 무엇보다 필요할 것 같다. 모두가 힘들고 모두가 짜증스러우니 서로서로 배려하면서 무사히 훈련을 마치는 게 최선!

편지를 쓰고 있는 사이에 편지가 왔다. 벌써 훈련소에서 받은 여섯 번째 편지인데 받을 때마다 가슴이 두근두근하네. 지난 화요일, 3주 차 사격 훈련을 하던 중에 써 보낸 편지로구나.

훈련 자체는 큰 문제가 없는데 날씨가 '너무너무×10000' 더워서 힘들어죽겠다고……. 사격장까지 올라가는 1.5킬로미터, 교회까지 가는데도 1.5킬로미터……. 바람 한 점 없는 땡볕 속에서 땀으로 목욕을 하며 허위허위 걸어가는 너의 괴로움을 편지 가득 적힌 말줄임표에서 느낄 수 있구나.

어쩌나, 내 새끼! 미안하다, 미안해. 엄마는 아무것도 해줄 수가 없어서 그저 땀처럼 짠 눈물만 찔찔 흘리고 있다.

혜준, 기운 내라. 조금만 참고 힘을 내서 고비를 넘자! 조금만 더!

(8월 1일)

다정이 지나치면 병이 되듯이

오늘도…… 더웠지? 많이 힘들었니?

어제 네 편지를 받고 속이 상해서 잠 못 들고 뒤척거리다가 새벽녘에야 잠깐 눈을 붙였단다. 잠결에도 무더위에 시달리는 아들 걱정, 매도 빨리 맞는 편이 낫다고 입대 시기를 서둘렀던 데 대한 후회, 밑도 끝도 없는 분노와 슬픔에 시달렸네.

그 와중에 유일한 위안은 이제 수료식 날까지 아홉 밤밖에 남지 않았다는 거야. 시간은 가고 이 찌는 듯한 더위도 시간을 따라 사라질 테지. 시간은 우리 편이야!

게다가 선배 엄마들의 말씀으로 그날은 세상에 태어난 후로 가장 효자가 된 아들을 만나게 된다니, 그 전무후무한 순간이 너무도 기다려지는구나.

평생 효도는 세 살까지 다 한다는 세간의 말처럼 어린 날의 너는 다른 무엇과도 비교할 수 없을 만큼 사랑옵았지. 아니, 이후로도 넌 엄마와 애착 관계가 좋고 다른 형제도 없어서 사춘기가 올 때까지는 미운 짓이라곤 별로 한 적이 없어.

지금도 눈을 감으면 그때의 네 모습이 삼삼하게 떠올라. 잘 먹고 잘 놀고 순하고 명랑한, 날개만 없을 뿐 영락없는 천사였지. 혜준아, 이름을 부르면 지난번 종교 활동에서 여학생 선교단이 〈CHEER UP〉을 불렀을 때 '친구를 만나느라 샤샤샤' 대목에서 수백 명의 훈련병들 모두가 양 뺨에 주먹을 쥐어 갖다 대고 샤샤샤를 복창했듯(이 장면은 거의 영상 지원이 되는 듯하다), 꼭 그렇게 볼을 감싸 쥐며 귀염을 부려서 엄마를 웃게 했지.

네 세상에 엄마밖에 없었던 것처럼, 엄마의 세상에도 너밖에 없었어.

하지만 아무리 우리가 사이좋은 모자라 해도 영원히 네가 내 아가로 품 안의 자식일 수는 없었지. 너는 성장해야 했고 그 과정에서 알에서 깨어 나오는 성장통을 겪어야 했으니까.

사춘기에 접어들어 자의식이 형성되기 시작한 넌 엄마에게도 문득 문득 낯설었어.

언제부터였을까? 아마도 처음 나타난 징후는 친구들 앞에서나 집 밖에서 마주치면 엄마를 소 닭 보듯 뜨악하게 본다든가, 말을 건네면 퉁명스럽게 대꾸하거나 아니면 그조차도 안 하는 것이었던 듯해.

잔소리나 꾸지람도 더 이상 고분고분 듣지 않았지. 네 방 문을 쾅 닫고 들어가 걸어 잠그고, 때로는 주먹을 불끈 쥐고 눈을 홉뜬 채 엄마에 맞서 소리치기도 했지. 상황이 악화되었을 때는 엄마가 얼마나 약한지, 자기가 얼마나 강한지도 모르는 아들과 몸싸움까지 벌였지.

엄마는 충분히 예상하고 있었어. 언젠가 이럴 것이고 이렇게 되어야 마땅하다고.

하지만 막상 너의 반항과 저항에 직면했을 때 엄마는 당황했고, 섭섭했고, 그래서 분노했어. 한때 내가 아니면 먹고 자고 생존할 수조차 없는 존재였던 네가 감히 나에게, 어떻게 나에게 이럴 수가!

잔소리가 엄마의 숙명이라면, 배신은 자식의 숙명이지.

자식은 부모에게 영원한 숙제일 수밖에 없고, 부모는 자식에게 영원한 허들일 수밖에 없지.

노력은 했지만, 나로서는 정말 애를 썼지만, 엄마도 항상 좋은 엄마는 아니었다는 걸 알아.

머리로는 널 통해 결핍을 보상받으려 할까 봐, 사랑이라는 이름으로 지배하려 할까 봐 스스로 주의한다고 했지만, 현실에서는 절반의 성공 그리고 절반의 실패였던 게야.

엄마는 네게 하염없는 사랑을 퍼붓기도 했지만 다른 한편으로 육아 서적에서 그다지도 좋지 않다고 강조한 일관되지 않은 양육 태도로 내 방식을 수용하지 않는 네게 울화를 터뜨리기도 했어.

'다정도 병인 양하여 잠 못 들어 하노라'라는 시조 구절처럼 실패의 원인은 명확했지. 그 또한 사랑 때문. 다정이 지나치면 병이 되듯이 너무 사랑한 죄로 너에게 욕심을 부렸어.

이 험한 세상을 살아나가기 위해서는 강해져야만 하는데 내 자식은 너무도 약해 보였어.

그래서 다그쳤어.

내가 해보니까 좋은 것은 다 시켜주고 싶었고 좋지 않은 것들은 피하게 해주고 싶었어.

그래서 고삐를 죄었지.

세상의 불안과 공포로부터 보호하려는 안간힘이 네게 울타리가 아닌 감옥이 되었을지도 몰라.

모든 게 엄마 잘못이야. 네 잘못은 없어.

엄마도 널 낳아 길러보니 비로소 알겠더라.

잘난 부모든 못난 부모든, 인정하든 인정하지 않든, 자식은 마지막 욕망이라는 것을.

그래서 그 욕망이 배반했을 때 모든 희망의 빛이 꺼지는 것만 같고, 가슴이 찢어지고, 불길 같은 분노가 치솟는다는 것을. 마지막 욕망은 인간을 천상까지 끌어올렸다 밑바닥까지 떨어뜨리고, 그 밑바닥을 낱낱이 펼쳐 보이게 만들지.

인간은 그다지도 약하고 어리석은 존재야.

혜준, 완벽주의 엄마의 아들로 태어나 20년 동안 사느라 고생 많았어.

그래도 다행이야. 강한 엄마에게 눌려 기를 못 펴서 완전히 마마보이거나 찌질이가 될 수도 있었는데 맞부딪혀 싸울 만큼 충분히 강한 (그리고 적당히 못된) 아들이 되어줘서.

엄마가 할 말은 언제나 이것뿐이야. 고마워, 미안해, 그리고 사랑해. (8월 2일)

아름다운 남자, 진짜 남자로 살아가기를

수요일, 낙타의 혹처럼 일주일의 한가운데 튀어나온 험프 데이 (hump day)다. 각개 전투 훈련은 원활히 진행되는지, 가상의 적군이 점령하고 있는 고지 탈환보다 더 힘든 불더위와의 싸움은 잘 이겨내고 있는지 궁금하구나.

많이 고단하겠지. 하지만 절반밖에 오지 않은 게 아니라 절반이나 이미 지났어.

고통, 희열, 힘겨움, 성취감, 권태, 후련함……. 그 다종다양하고 때로 모순된 감정들이 휙휙 쌩쌩 가슴을 스쳐 가겠지. 몸은 비록 멀리 떨어져 있지만 네가 시시때때로 느끼는 감정들이 엄마에게도 감지된단다.

엄마가 언젠가 말했지. 네가 느끼는 기쁨과 슬픔의 감정을 너보다 더 깊고 무겁게 느끼는 사람이 바로 엄마라고. 네가 원하던 무언가를 이뤄내고 기뻐할 때 엄마는 내가 어떤 성취를 했을 때보다 기뻤어. 네가 실의에 빠졌을 때, 괴로워하고 외로워할 때, 엄마는 모조리 내색할 순 없었지만 더 오랫동안 아프게 앓았어.

너는 내 피와 살과 뼈를 덜어 나온 분신(分身)이자 내 삶을 결정적으로 바꾸어놓은 존재였으니.

"결국 D-day를 이틀 넘기고 말았네요. 지금은 아침 6시경, 진통 간격이 5~6분 사이를 오가고 있습니다. 불규칙하게 시작된 진통 간격을 재느라 간밤에 제대로 잠을 이루지 못해서 약간은 피곤하네요. 그래도 낮잠을 많이 자두어서 다행……. 머리 감고, 샤워하고, 짐 체크하고, 조간신문 두 개 다 보고, 조금만 더 기다렸다가 병원에 갈 작정입니다. 아침에 이슬이라고 하기에는 약간 미심쩍은 큰 핏덩이가 나와서 걱정이 되기는 하는데, 흐를 정도는 아니니 전치태반 뭐 이런 건 아니겠죠? 지금은 5분 간격의 진통이라 웬만큼은 호흡으로 견디고 버틸 만한데, 앞으로 이보다 스무 배 정도의 고통은 더 견뎌야 아기를 만날 수 있겠지요? 예상은 했었지만…… 아프긴 아프네요.

새벽 2시에 선잠에서 깨어났는데, 얼어붙은 하늘에 눈이 펄펄 내리고 있었습니다. 진통이 올 때마다 그 반가운 흰 눈처럼 예쁘고 건강한 아기를 생각하렵니다. 그럼 조금은 덜 아프지 않을까? 더 간격이 좁아지기 전에 토스트라도 구워서…… 뜨거운 수프랑 한 조각 먹고 가렵니다(말줄임표 도중에 진통이 있어서 30초간 씩씩거림). 다시 만나 뵐 때까지, 모두들 안녕!"

지난번 찾았던 육아 일기 폴더에서 고대 유물 같은 자료를 하나 발견했단다.

1996년 11월 29일 이른 아침, 인터넷 주부동호회 게시판에 올렸던 짧은 글이 저장되어 있구나. 말하자면 이 짧은 게시물이 엄마가 엄마가 되기 전, 너와 탯줄로 이어진 한 덩어리였을 때 마지막으로 쓴 글인 셈이지. 이 글을 올린 후 병원에 가서 응급실을 거쳐 분만실로 들어갔고, 1시간 30분 후에 바야흐로 너를 만났지.

"반갑다, 이 세상에 온 걸 환영해!"

간호사가 온몸을 휘감은 피와 양수를 씻어내고 수건에 싼 널 보여 줬을 때, 엄마는 눈도 뜨지 못하는 네게 그렇게 첫인사를 건넸어.

엄마 배 속에서 세상 바깥으로 나오느라 힘이 많이 들었는지 너는 하관이 넙데데한 삼각형 얼굴에 미간을 잔뜩 찌푸리고 있었지. 그 검붉은 얼굴이 한 다리 건너 삼촌과 할머니에겐 못생겨보였을지 몰라도(인사치레로라도 예쁘다는 말을 한마디도 안 한 걸 보면 분명 그런 듯) 엄마에게는 세상에서 제일 예쁜 아가로 보였어. 고슴도치도 제 새끼는 함함한 이치가 그때부터 발동했던 게지.

엄마는 네 첫 번째 사람, 그리고 너는 엄마의 마지막 사람.

네가 세상에 태어나 처음 만난 사람이 엄마이듯, 너는 엄마가 세상을 떠날 때 마지막으로 만날 사람일 테지(그랬으면 좋겠네).

그런 인연의 신비에 대해 불교 설화인 『삼세인과경(三世因果經)』에서는 이렇게 말하더구나.

'금생에 부모와 함께 사는 사람은 전생에 고독한 사람을 잘 모신 공덕이요, 금생에 자손을 잘 둔 사람은 전생에 갇힌 새나 짐승을 살려준 공덕'이라고.

이 말이 현세에 누리고 있는 복록을 과시하거나 박복함을 책망하라는 뜻은 아니지. 인연에 만족한다면 이번 생의 행운에 감사하고, 만족하지 못한다면 다음 생을 위해 몸과 마음을 닦으라는 뜻일 게야. 고독을 돌보고 미물까지도 연민으로 살피기를.

하지만 혜준! 전생이고 이생이고 허튼수작이라 생각하거나 언젠가 이 모두를 까맣게 잊어버린다 해도, 딱 하나만 기억하렴.

엄마가 이 세상에 엄마로 살아 있는 동안에는 네게 또 다른 의미의 마지막 사람이야.

네게 어떤 일이 있어도, 네가 무슨 일을 당하거나 저질러도, 설령 세상 모두가 네게서 등을 돌리고 하물며 손가락질을 할지언정 네 편이 되어줄 마지막 한 사람은 엄마야. 엄마는 네게서 돌아서지 않아. 엄마는 널 떠나지 않아.

그러니, 아들아. 아무것도 두려워하지 마라. 네 길을 네 두 발로 뚜벅뚜벅 걸어가기만 하면 된다. 그러면 된단다.

사실 출산이라든가 육아라든가 하는 이야기는 엄마로부터 딸에게로, 그러니까 모계로 전승되기 마련이지. 하지만 엄마는—물론 자식이 딱 하나뿐이기도 하지만—아들인 네게도 이런 '모성'에 대해 이야기해주고 싶었어. 생명에 대한 연민과 무조건적인 사랑은 성별로 구분 지을 필요가 없지.

엄마가 아들에게 '여자'를 가르친다는 게 가능할지 모르겠어. 하지만 얼마 전 서울대 카톡방 사건에 이어 오늘 또 고려대에서 남학생들끼리 SNS상에 그룹을 만들어 같은 과 여학생들을 성희롱한 사건이 터진 걸 보면서 엄마가 아들을 건강한 '남자'로 키우는 것 또한 매우 중요하다는 생각을 하게 돼.

어쩌면 군대라는 조직 자체가 토니 포터(Tony Porter)가 말한 남자다움에 대한 고정관념의 틀인 'Man Box' 같기도 하지만, 진정한 인간성이야말로 진짜 사나이를 만드는 기본임을 아들은 잊지 말아줬으면 좋겠어.

공감과 소통, 역지사지와 화이부동(和而不同), 누구나 쓰지만 누구도 쉽게 행하기 어려운 말을 다시금 곱씹으며. 엄마는 내 아들이 아름다운 남자, 진짜 남자로 살길 바란다. (8월 3일)

더운 하늘 아래 마지막 행군

마지막 훈련까지 마치다

엊저녁 약속이 있어 외출하는 바람에 못 보고, 오늘 아침 '충경 새내기 부대' 카페에서 뜻밖의 선물을 발견했어. 지난달 말 이후 한동안 업데이트된 소식이 없어서 궁금했는데 오랜만에 중사님이 3중대 훈련병들의 훈련 모습을 올려주신 거야.

월요일에 행군, 화요일에 숙영, 그리고 수요일과 목요일에는 각개 전투 교육이 진행된다니! 그럼 이미 행군과 숙영과 각개 전투 훈련의 절반은 지났다는 거 아냐? 네가 이 편지를 읽고 있을 때는 마지막 훈련까지 모두 끝났을 테고!

아마도 무더위 때문에 훈련 일정이나 상황이 얼마간 조정되었나 보다. 낮에 진행하기에 무리인 행군과 각개 전투도 야간에 진행하는 걸로 융통성을 발휘하고. 야간 훈련이라도 쉽지만은 않았겠지만 자외선에 한두 시간 노출되면 화상까지 입는 요즘 날씨에 적어도 열사병이나 탈진, 실신 같은 피해는 입지 않겠지.

오늘 서울의 최고 기온은 무려 36도! 체온에 육박하는 살인적인 더위에 야외 훈련받을 아들을 생각하며 걱정 근심이 태산이었는데 얼마나 고맙고, 얼마나 다행스럽고, 얼마나 기쁘던지!

입영식 때 부사단장님께서 부모의 마음으로 정성을 다해 교육하고 따뜻한 훈육으로 잘 보살필 테니 걱정 말라 하시더니 그 약속을 지켜주신 모양이다. 또 한 번 눈물이 찔끔 나오더구나.

행군도 벌써 마쳤다니 발에 물집이 잡히진 않았을지? 엄마가 지난번 손편지에 적어 보낸 대로 양말 여러 켤레 챙겨 가서 자주 갈아 신고, 밴드랑 반창고 잘 붙이고, 전투화 끈은 최대로 단단하게 조이고 걸었을지도 궁금하다. 바깥에서라면 이 모두를 잔소리해가며 결국엔 엄마가 챙겨줬을 텐데, 그곳에선 네가 스스로를 돌봐야 하니 꼼짝없이 독립심이 쑥쑥 자라겠는걸? 한편으로는 뿌듯하고 대견스럽기도 하다. 내 아들이 안 해서 그렇지 하면 또 잘 하는 아이잖니?

다음 주 초쯤 마지막으로 행군을 할 줄 알고 넋을 놓고 있다가 갑자기 끝났다는 소식을 들으니 좀 멍하긴 하네. 그때쯤 우리가 함께했던 백두대간 종주의 추억을 되새기며 응원 메시지를 보내야지 생각하고 있었거든.

2010년 3월 13일부터 2011년 10월 22일까지, 네가 중학교 2-3학년이었던 시기, 우리는 이우학교 백두대간 6기 종주팀의 일원으로 지리산 천왕봉에서 강원도 진부령까지의 백두대간 남한 구간을 완주했지. 총 산행 횟수 39회, 1박 2일 산행 7회를 포함 46일 동안 산을 탔던 거야. 총 산행 거리는 632킬로미터의 마루금과 구간 외 진입로와 탈출로 118킬로미터를 포함한 약 750킬로미터, 하루 평균 16.3킬로미터를 걸었지.

훈련소에서 하는 행군은 20킬로미터라지? 야간이라서 조금은 더 지루했을 수도 있겠다. 백두대간을 탈 때 여름이면 우리도 더위를 피해 새벽 3시부터 산행을 시작했으니 아주 낯선 일은 아니었을 거야. 물론 20킬로미터가 짧은 거리는 아니지만 넌 한계령에서 대청봉을 거쳐 공룡능선을 넘어 설악동까지 무려 23킬로미터의 설악산 구간을 15시간 동안 주파한 적도 있잖니?

기억나니? 처음엔 두려웠고, 언제나 힘겨웠고, 시시때때로 괴로웠지만 그래도 너와 나는 종주를 함께한 100여 명의 팀원 중 유일하게 '개근 완주'한 4명 중의 2명이었지. 무려 백두대간을 완주하기 전까지 '평지형 인간'이었던 엄마가 산에 대한 공포를 떨쳐낸 것도 큰일이었지만, 어린아이 같았던 네가 건강한 소년으로 몸과 마음이 쑥 자라난 것도 대단한 일이었어. 정말 우리 삶에 멋진 한 페이지였지!

행군과 숙영과 각개전투까지 염려했던 훈련을 모두 마쳤다는 소식을 뒤늦게 들었을 때 엄마는 문득 백두대간을 탈 때의 한 장면이 떠올랐단다. 그때 엄마가 썼던 산행기에도 그 감회가 적혀 있지.

"아이의 앞에서 걷는 것과 뒤에서 걷는 것은 기분이 매우 다르다. 행동이 굼뜬 아이를 제치고 앞장서 걷노라면 뒤따라오는 녀석 생각에 이런저런 고민이 많아진다. 이 바위는 미끄러운데 넘어지지 않고 잘 지날까, 이 구간은 양옆이 낭떠러지라 행여 친구들과 장난이라도 치면 어쩌나, 내리막길이 연속되어 무릎이 많이 아픈데 괜찮으려나……. 그야말로 한 걸음 한 걸음에 온갖 걱정을 만들어서 한다. 마흔이 넘은 딸에게 전화를 할 때마다 밥 먹었냐, 아픈 데 없느냐, 차 조심하라는 말을 지치지도 않고 반복하는 엄마 아버지 생각이 절로 난다. 앞서 걷는 길은 그런 것이다. 뒤따라올 아이를 염려하는 마음에 튀어나온 돌부리를 스틱으로 파서 치우고 발목에 엉키는 덤불을 밟아 조금이라도 편편하게 해보려 애쓰지만, 험한 길일수록 아무래도 신경이 쓰이고 마음이 편치 않은 것은 어쩔 수가 없다.

그런가 하면 어쩌다 아이를 앞장세워 보내고 뒤를 따르면 지나는 길마다 느낌이 새롭다. 이 미끄러운 바위를 어찌어찌 잘 지난 모양이네, 그래도 낭떠러지는 신경 바짝 써서 조심했겠지, 다리 아프다고 주저앉을 만도 한데 이 지루한 구간을 잘도 지났네……. 지금 내가 걷는 이 길을 아이가 이미 밟아 갔다고 생각하면 아무리 힘이 들어도 엄살을 부릴 수가 없고 저절로 뿌듯한 기분이 든다. 아무리 나보다 키가 크고 몸무게가 더 나가도 내 눈에는 여전히 물러터진 어리보기 같은데, 아이는 어느새 엄마의 모자란 생각을 훌쩍 뛰어넘어 어엿한 소년

어린아이 같았던 네가 건강한 소년으로
몸과 마음이 쑥 자라난 것도 대단한 일이었어.
정말 우리 삶에 멋진 한 페이지였지!

으로 자랐나 보다. 그러니 아이의 뒤편에서 멀찍이 그를 지켜보며 따라가는 편이 더 나은데, 성질 급한 엄마는 그 짧은 사이를 참지 못해 꿈적대는 아이를 제치고 앞장서 가버리기 일쑤다. 인생에는 아직도 참고 배우고 견뎌야 할 것들이 너무나 많다."

어쩌면 지혜로운 중사님은 엄마에게 뒤따라가는 길의 즐거움을 다시금 상기시켜 주시려 했는지도 몰라. 네 두 다리로 뚜벅뚜벅, 네 온몸으로 밀어 헤치며 지나간 길을 엄마는 흐뭇하게 바라보네.

훈련 일정이 모두 끝났으니 이제 수료식 준비만 남은 거지? 좀 진부한 관용구지만 부디 유종의 미를 거두길. 엄마는 정말 네가 사랑스럽고 자랑스럽다. (8월 4일)

뒤늦게 도착한 성적표

뜨겁고 뜨거운 날. 그래도 이번 주 일정이 오늘로 끝나면 다음 주에 드디어 널 만날 수 있구나! 한 달이 한없이 더디고도 문득 빠르게 낯선 시간처럼 지났다. 훈련소에서 보내는 마지막 주말이니 앞으로 뿔뿔이 흩어져 다시 볼 기약 없는 생활관 동기들과 좋은 시간 가지렴. 그야말로 동고동락, 힘든 와중에도 즐거웠던 일들이 그들과 함께였기에 가능하지 않았겠니?

네가 보낸 일곱 번째 편지와 함께 2학년 1학기 성적표가 도착했단다. 다른 친구들은 대개 7월 말에 받은 것 같던데 우리 동네는 좀 늦었네. 입대 전 성적 정정 기간에 확인한 그대로 변한 건 없어. 중간고사를 망쳐서 기말 때 고생을 많이 했는데, 지난 학기보다는 학점이 좀 떨어졌어도 나름대로 선방했다고 할 수 있을까?

어쨌거나 본격적으로 전공에 진입해 처음으로 치른 시험이었으니 만족스럽든 불만족스럽든 앞으로의 네 진로를 고민하는 데 잣대가 될 수도 있을 것 같아.

앞으로 적어도 2년 4개월 동안은 시험 볼 일이 없겠다고, 즐거운지 허탈한지 알 수 없는 오묘한 표정으로 말하던 네 모습이 떠오르는구나.

성적이 좋든 나쁘든 공부를 하든 안 하든 누구나 시험 앞에서는 스트레스를 받을 수밖에 없지. 그래서 시험 기간이면 신경이 예민해진 아이들과 잔소리가 숙명인 엄마들 사이의 충돌이 잦아지고.

이른바 명문 학군으로 소문난 어느 동네는 중고등학교 시험 기간이면 아파트 지하 주차장에서 차 안에 우두커니 앉아 있는 엄마들을 종종 발견할 수 있다더라. 아이들과 한바탕 싸웠거나 아이들과 싸우지 않으려고 집을 빠져나온 엄마들이 식구들 밥을 챙겨야 하니 멀리로도 가지 못하고 운전석에 앉아 멍하니 시간을 보내고 있다는 거야. 그야말로 웃(기고도 슬)픈 도시 괴담이지.

학원과 과외를 통한 사교육 대신 자기 주도 학습이라는 다분히 이상적인 길을 택했던 우리라고 크게 다를 건 없었지. 게다가 넌 도서관에도 독서실에도 가지 않고 집에서 공부하는 습관이 있어서 엄마와 더 부딪힐 수밖에 없었으니, 아이고, 그런 싸움은 다시 하고 싶지 않구나.

그런데 고등학교를 졸업하면 끝날 줄 알았던 시험과 성적에 대한 압박이 대학에서도 그대로 이어지니, 이게 웬일인지?

네 동문 선배이기도 한 엄마는 27년 만에 완전히 달라진 대학의 풍경에 솔직히 꽤 많이 놀랐어. 학점과 아무런 상관없는 인생을 산 나의 개인적 경험일 뿐인지도 모르지만, 우리 때는 친구들끼리 학점 이야기를 심각하게 주고받거나 학점 때문에 진로까지 바꾼다는 건 상상할 수 없었거든.

모두들 학점 때문에 전전긍긍하더구나. 로스쿨, 의전, 대학원, 교환 학생, 유학, 취업 전부에 학점은 고고익선(高高翼善)이라 높으면 높을수록 좋다니, 엄연한 상대평가와 제한된 재수강 규칙 속에서 한순간도 긴장을 늦추지 못한 채 무한 경쟁하는 수밖에!

성실하게 공부하면서 미래를 준비하는 건 좋아. 하지만 그렇게 해서도 보장된 미래가 없다는 게 함정이지. 언젠가 네게 빌린 아이디로 모교의 커뮤니티에 들어가보고 엄마는 충격과 슬픔을 함께 느꼈어.

변호사도, 의사도, 사무관도, 대기업 사원도, 공기업 사원도, 그 어떤 직업도 희망적이지 않다는 외침뿐이었지. 문과는 이미 죄송할 정도로 망했고, 교대도 미래가 없고, 취업의 최후 보루라는 공대 인기 학과들마저 안전하지 않다고 했지. 너희가 그토록 바라는 '워라밸(work and life balance)', 일과 생활의 균형과 조화, 저녁이 있는 삶은 점점 더 요원해지고⋯⋯.

참으로 비관적인, 어쩌면 절망적이라 할 만한 청춘의 풍경을 바라보며 기성세대의 한 사람으로서 그저 미안할 뿐이야. 이미 충분히 노력하고 있는 너희에게 더 '노오력'해야 한다고 말할 수가 없어.

그럼에도 불구하고 이 험한 세상을 살아갈 아들을 생각하면 고민이 점점 커져. 빌딩을 물려줄 수도 없고 가업이 있는 것도 아닌데 아들에게 무엇을 하며 어떻게 살라고 조언할 수 있을까? 궁리궁리한 끝에 엄마가 내린 결론은 하나야.

넌 네가 하고 싶은 일을 하렴.
네 방식대로, 네가 살고 싶은 삶을 살아가렴.

미래에 어떤 직업이 유망한지, 연봉이 얼마고 몇 살까지 다닐 수 있는지, 연금은 나오는지, 사회적 지위는 어떻고 남 보기에 그럴듯한지를 따지기 전에 네가 그 일을 얼마나 즐겁게 할 수 있는지 생각했으면 좋겠어. 네 가슴을 뛰게 하는 일이 과연 무언지 마음의 목소리에 귀를 기울이기를. 그런 후에야 경쟁이 의미가 있고 성취가 진정한 희열이 될 테니.

여전히 그게 무언지 감이 잡히지 않는다면, 니체의 『인간적인 너무나 인간적인』의 한 구절을 조언 삼아 좀 더 진지하게 고민해보렴.

누구든지 한 가지의 능력은 가지고 있다. 그 하나의 능력은 오직 그만의 것이다.

그것을 일찌감치 깨닫고 충분히 살려 성공하는 사람도 있고, 자신의 한 가지 능력 즉 자신의 본성이 무엇인지 모르는 채 살아가는 사람도 있다.

자신의 힘만으로 그 능력을 찾아내는 사람도 있고, 세상의 반응을 살피며 자신의 본성이 무엇인지를 끊임없이 모색하는 사람도 있다.

틀림없는 사실은, 어떠한 경우라도 주눅 들지 않고 씩씩하고 과감하게 그리고 꾸준히 도전해 나가면 언젠가는 자신만이 가진 한 가지 능력을 반드시 깨닫게 된다는 것이다.

성적표 한 장에 너무 말이 길었구나. 언제나 그랬듯이 엄마는 네가 공부를 잘하는 것보다 공부의 즐거움을 아는 게 더 기쁘다. 물론 잿밥에 대한 욕심을 숨길 수는 없겠지만, 종교 활동을 다양하게 하며 새로운 철학과 문화를 접한다든가, 그 고된 훈련 중에 진중문고에서 세 번째 책을 빌렸다는 소식에 아주 흐뭇했단다. 나이를 얼마나 먹든 어떤 직업을 갖든 호기심으로 눈을 빛내고 설렘으로 가슴이 뛰는 삶이야말로 진정으로 성공한 인생일 거야.

어쨌거나 하나만 잊지 마. 엄마는 오직 네가 행복하기만을 바라. 그게 전부야. (8월 5일)

어머니들에게 자식이란

마지막 주말 토요일엔 무얼 했니? 오늘도 수료식 준비를 했을까? 종합 평가는 아직 안 끝났으려나?

다음 주는 수료주 차라 더 이상 편지 출력이 되지 않을지도 모르겠네. 전례를 보니 수료식이 있기 전 주말까지만 인터넷 편지가 출력되어 훈련병들에게 전달되는 것 같더라. 그다음에도 엄마는 너를 만나는 날까지 계속 편지를 쓰겠지만, 어쩌면 넌 이 편지를 끝으로 수료식이 끝난 다음에야 나머지 편지를 읽을 수 있겠구나.

엄마가 하나하나 붙여놓은 번호로 이 편지는 34번인데, 지금껏 서른네 통의 편지를 읽으며 아들은 무얼 느끼고 어떤 생각을 했는지 모르겠다. 엄마의 편지가 네게 힘이 되었는지, 네 고단함을 조금이라

186

도 위로할 수 있었는지. 때때로 거칠고 험한 세상에서 글이라는 게, 문학이라는 게 너무 무력하다고 느끼는 엄마로서는 궁금할 수밖에 없구나.

모쪼록 엄마의 사랑이 네게 온전히 닿았다면 더 바랄 게 없겠네. 하지만 24년 동안 소설을 써서 밥을 벌어먹은 작가로서 솔직히 말하건대, 엄마는 아무러한 글이라도 삶을 뛰어넘을 수는 없다고 믿는단다. 엄마의 작가적 재능이 부족해서인지 모르지만 너에 대한 엄마의 사랑은 어떤 미사여구로도 표현할 수 없지.

엄마가 요리 레시피를 주로 얻는 인터넷 사이트 자유 게시판에 언젠가 이런 글이 올라왔어.

"어머니들에게 자식이란?"

거기 댓글들이 공감도 가고 아프기도 하고 찡하기도 해서 인상적인 몇 개를 갈무리해두었지.

세상에서 가장 소중한 존재.
이 세상에 내놨단 이유로 그냥 미안한 존재.
기쁨도 주고 고통도 주지만, 나하고 떼려야 뗄 수 없는 사람.
영원한 짝사랑의 존재.

'사랑하는 것은/ 사랑을 받느니보다/ 행복하나니라'는 청마의 시처럼, 사랑할 수 있기에 행복하더라.

세상에 첫눈을 뜬 그 여린 핏덩이는 내 몸을 빌렸다는 이유만으로 나를 전능한 존재처럼 의지하고 있었던 걸! 두렵고 벅찼지만 내가 아니라면 누구도 대신할 수 없었어. 그렇다고 믿었지. 비록 그것이 엄마만의 짝사랑에 불과할지언정, 그래서 눈곱만큼의 의심도 없는 사랑을 줄 수 있었지.

나의 비타민, 엔도르핀, 청심환.
내 삶의 에너지.
나를 가장 크게 웃게 하는 사람.
생각만으로 미소 짓게 만드는 존재.

무엇과도 비교할 수 없는 기쁨이었지. 너로 인해 언제 어디서도 맛보지 못했던 행복을 느꼈어. 너를 보면 저절로 웃음이 나오고 떠올리기만 해도 입가에 미소가 번졌어. 아무리 힘든 일도 너를 위해서라면 해낼 수 있을 것 같았고, 해내야만 했지.

나를 애타게 하는 사람.
늘 걱정하게 만드는 존재.
나를 도인으로 만들어주는 존재.
나를 성숙한 인간으로 만들어주는 존재.
어릴 때 예쁘고 사춘기는 징글징글 속 썩고, 인생에서 제일로 힘든 사람.

하지만 기쁨만큼이나 고통이, 사랑만큼이나 미움도 깊어서 우린 때로 애증의 감정에 시달리기도 했어.

몸만이 아니라 마음까지 분리되는 사춘기에 우리는 끝내 하나의 존재로만 남을 수 없다는 걸 확인하느라 생살이 뜯겨져 나가는 아픔을 느꼈지. 엄마도 자식 입장일 때는 몰랐는데 부모에게는 자식이 속을 썩이는 것만큼 힘든 일은 없더라. 아프더라.

내가 자살하지 않았던 이유.

내가 삶을 견뎌내는 이유.

세상을 인생을 다르게 보게 해준 존재.

무료한 인생을 버티게 해주는 존재.

그렇게 20년이 흘렀어. 일장춘몽(一場春夢), 설니홍조(雪泥鴻爪: 눈 위의 기러기 발톱 자국. 눈 녹은 후 사라지는 자국처럼, 인생은 흔적도 없이 사라짐을 일컫는 말)……. 고색창연한 옛말로만 들었더니 정말 한바탕 봄꿈처럼, 눈 위에 난 기러기의 발자국처럼 거짓말 같은 시간이 갔네.

때로는 삶이 너무 가혹하다고 생각했던 적도 있었고 무료하고 무의미하다 느껴질 때도 있었지만, 아플 수 없었어. 쓰러질 수 없었어. 나는 엄마니까, 널 끝까지 지켜야 할 엄마니까.

아들이 훈련소에서 읽을 마지막 편지일지도 모른다고 생각하니 좀

비장해졌네. 오글거려도 참아주렴. 사실 일상 속에서 언제나 이런 생각을 곱씹으며 살지는 않지. 잔소리와 불퉁거림으로밖에 표현할 수 없었던 엄마와 아들의 사랑을 엄마가 세상의 다른 엄마들을 대신해 나열해보았어.

그러고 보니 말로는 차마 할 수 없는 걸 그나마 글로는 표현할 수 있구나. 그것 참 다행이네……. (8월 6일)

"우리 모두는 배우, 우리가 선 곳은 무대, 인생은 연극"

언제 인터넷 편지가 마감될지 몰라 조마조마하지만 그와 상관없이 편지는 계속 쓴다. 훈련소에 입소한 후 처음 닷새간 그랬던 것처럼 연락이 닿지 않을 때에도 엄마는 편지를 쓰며 아들과 이어져 있다는 감각을 놓치지 않았으니까.

요즘은 문득문득 이상한 기분이 들기도 해. 고작 한 달이 지났을 뿐인데 까마득한 시간 속에, 기껏해야 자동차로 2시간 반만 달리면 도착하는 임실읍인데도 아득히 먼 곳에 헤어져 있는 것 같구나. 아무 때나 연락이 가능하고 원하면 금세라도 만날 수 있던 바깥에서의 생활과 너무도 다른 처지와 상황 때문이겠지. 분리의 불안과 단절감은 너만 느끼는 게 아니란다. 엄마도 고스란히 그것을 느끼지.

그러다 8월 2일에 입영한 16-12기의 생활관 편성표와 연명부가 어제 인터넷 카페에 올라온 걸 보면서 시간이 흐른 걸 새삼스레 확인했네. 가족들이 애타게 아들의 번호와 이름을 확인하고, 앞다투어 편지를 써 올리고, 선크림이나 모기약을 소포로 보낼 수 있느냐고 물어보는 걸 보면 꼭 한 달 전의 내 모습을 보는 것 같지.

이런 기분이었구나. 그래서 다들 기왕 갈 거면 일주일이라도 빨리 가는 게 좋다고 했구나. 이미 지나온 길을 뒤돌아보며 기묘한 안도감과 흐뭇함을 느끼게 되는 건 시간만이 해결하고 시간만이 일깨우는 게 있다는 증거일 거야.

엄마가 누누이 말했잖아. 조바심 내지 마라, 시간은 우리 편!

그런 시간이라는 것이 뒤틀릴 때, 삶은 송두리째 흔들리지. 엄마가 어제 본 연극 〈햄릿〉은 바로 그 이야기야.

"The time is out of joint!"

셰익스피어 원작 〈햄릿〉의 1막 마지막에 나오는 이 말은, 햄릿이 아버지가 숙부에 의해 살해당했다는 사실을 알게 된 후 읊조리는 대사지. 한국어로는 '어지러운 세상', '뒤틀린 세월', '온통 꼬이고 휘어진 세상', '시간은 경첩에서 빠져 있다' 등등으로 번역되어 왔는데, 이번 연극에서는 햄릿이 비틀대며 '아, 뒤틀린 세상!'이라고 외치더구나.

엄마 소설 『영영이별 영이별』을 원작으로 낭독 콘서트를 하고 계신 박정자 선생이 6월에 초대권을 보내주셔서 아들과 함께 공연을 보려고 벼르던 참에, 하필 공연 시작 1주일을 앞두고 입대할 게 뭐람! 그래도 햄릿적 고민(?)에 빠져 있는 아들 친구 찬근이를 아들 삼아 마지막 공연 하루 전날 낮 공연을 봤단다. 아들에게 매일 편지를 쓰느라 정신이 팔려서 연극에 대한 사전 정보도 갖지 못한 채 무작정 봤는데, 보고 나서야 알았지.

정말 대단한, 좀처럼 보기 힘든 연극을 봤구나!

무엇보다 압권은 배우들. '다른 것은 없다. 오직 연기 뿐'이라는 국립극장의 기관지 《미르》의 기사 제목이 과장되거나 오만한 게 아니더구나. 죽은 지 4백 년 되는 셰익스피어의 대표작으로 전 세계에서 가장 자주 공연되는 레퍼토리의 하나인 〈햄릿〉은 그토록 대단한 만큼 더 대단하기 어려운 작품이지. 그런데 이번 공연은 그걸 정면으로 인정하면서 부정한 거야. 크게 다를 것도 없고 달라질 것도 없으니 오직 배우들의 연기로만 승부하겠다고.

이번 〈햄릿〉에 출연한 배우 9명의 나이는 만 75세부터 56세까지 평균 66.1세, 연기 경력을 모두 합하면 무려 403년이라네. 햄릿 역의 유인촌, 오필리아 역의 윤석화, 클로디어스 왕 역의 정동환, 거트루드 왕비 역의 손숙, 폴로니어스 역의 박정자, 레어티스 역의 전무송, 호레이쇼 역의 김성녀, 무덤지기 역의 한명구, 로젠크란츠 역의 손봉숙 등 출연자 모두가 한국 연극계의 최고상이라는 이해랑연극상의 역대 수상자일뿐더러 연출과 무대 디자이너와 프로듀서와 각색까지 모두가 한국 연극을 대표하는 이들이지.

65세의 햄릿이 무대에 선다는 건 이색적이면서 약간은 어색한 일이지. 햄릿의 고민, 그토록 유명한 "사느냐, 죽느냐……?"는 철저히 젊음의 문제라고 여겨져 왔으니까.

하나같이 내로라하는 배우들이 자신의 개성을 살리면서도 서로 조화를 이루는 일 또한 만만찮아 보였고(늙을수록, 성취할수록, 아집과 자만은 커지는 법이니까), 그것이 마당놀이라는 독특한 한국적 양식을 정립한 손진책의 연출과 어떻게 어우러질까도 문제였지.

아무튼, 그럼에도 불구하고, 기대만큼이나 실망의 부담이 큰 별들의 무대였음에도, 엄마는 여러 번 놀랐단다(평소에 엄마만큼 잘 놀라지 않고 시큰둥한 관객도 많지 않다는 걸 공연 메이트인 아들은 잘 알 거야).

대단히 큰 무대와 화려한 의상과 독특한 분장은 아니었어. 오히려 유행처럼 말하는 미니멀리즘에 가까웠지만 처음으로 놀라웠던 건 흰머리의 햄릿과 염색조차 하지 않은 배우들이었지. 두 번째로는 9명의 배우들이 전체 27회 공연을 대역 없이 진행하고 작은 배역들까지 1인 n역씩 맡아 무대를 채웠다는 것, 나이를 초월한 그 왕성한 체력과 열정! 그리고 세 번째는 폴로니어스와 호레이쇼, 로젠크란츠 등 남자 배역을 여배우들이 맡아 무리 없이 자연스럽게 소화했다는 것. 여배우들이 남자 배역을 맡는 게 서구 연극계에서는 자주 있는 일이라지만 한국에서는 결코 흔치 않은 일이니까!

그리고 마지막으로 말이야, 놀랍다기보다 감동적인 대목은 극이 절정을 넘어 마무리되는 지점에 있었어. 오늘로 연극이 모두 끝났으니 스포일러를 걱정할 필요는 없겠지?

모든 주연들이 욕망과 정념을 따라, 복수와 어리석음으로 인해 차례로 목숨을 잃은 후 원작 〈햄릿〉의 마지막 장면은 호레이쇼가 노르웨이의 왕자 포틴브라스 2세와 영국 사절들을 맞아들이는 장면인데 그게 생략되고 호레이쇼의 독백이 이어지더군. 어, 내가 착각했나? 집에 가서 책을 다시 뒤적여봐야겠다고 생각하고 있던 참에 마침내 비밀이 풀렸어.

마지막으로 관객을 향해 등을 돌리고 선 죽은 주연들이 마주 보고 있던 벽이 올라가는데, 아, 막이 내리는 게 아니라 오르는 거였어. 우리 눈앞에 느닷없이 국립극장 해오름극장의 평상시 관객석이 펼쳐진 거야. 그러니까 공연 내내 까맣게 모르고, 잊고 잊었던 사실은 바로 우리가 앉아 있던 곳이 실제 무대의 뒤편이었다는 것. 어쩐지 호레이쇼의 "우리 모두는 배우, 우리가 선 곳은 무대, 인생은 연극"이라는 대사가 귀를 찌르더라니!

바야흐로 노배우들은 온몸으로 햄릿을 보여준 거야. 그들이 살아낸 시간, 세월, 삶 자체가 연극인 게지!

총 2시간 40분, 160분이라는 만만찮은 시간 동안 등받이 없는 의자에 앉아 있어야 하는지라 등과 어깨가 아픈 엄마나 디스크가 있는 찬근이나 걱정이 많았는데 정신없이 시간이 흘렀네.

자신이 잘하는 일, 잘하고 싶은 일을 평생토록 하다가 그 일 자체가 되어버린 배우들을 보면서 엄마도 오랜만에 예술과 삶, 예술가적 삶에 대해 고민하며 집에 돌아왔단다. 그 감동이 너무 컸던지 편지가 감상문이 되어버리고 말았지만, 아마도 혜준이 이 연극을 보았다면 남은 방학 내내 〈햄릿〉의 A에서 Z까지 낱낱이 훑었을 거야.

　사랑하는 아들, 엄마와 함께 이런 감상과 감동을 나눌 날이 다시 돌아오길 기다린다. 훈련소에서 보낼 날이 정말로 며칠 남지 않았구나. 처음이자 마지막인 생의 순간순간, 강건하길! (8월 7일)

196

수료식을 마치고

건강하지 않은 특식

259번 훈련병으로 불릴 날도 사흘밖에 안 남았다. 사흘 후면 훈련병 딱지를 떼고 노래 〈이등병의 편지〉의 주인공인, 풀 한 포기 친구 얼굴 모든 것이 새로운 바로 그 이병이 되겠네.

소속 변경이 며칠 남지 않은 기념으로 군화모 카페의 '훈련병 부모님' 방에 들어갔더니 너보다 일주일 앞서 훈련소에 들어갔던 아들들이 수료식을 했다는 이야기가 그득하구나.

그런데 어쩌나, 올여름 살인적인 더위 속에서 훈련을 받느라 분투한 탓인지 아들이 아파서 애 태우는 내용들이 꽤 많은 거야. 부대 앞에 펜션을 잡아놨는데 감기가 너무 심해서 수료식이 끝나자마자 병원으로 직행했다는 집도 있고, 더위를 먹어 입맛을 잃은 탓인지 막상 준비해 간 음식을 거의 먹지 못했다는 집도 있고, 다들 많이 타고 살도 많이 빠졌다니 사흘 후 만날 내 아들은 어떤 모습일지 궁금하면서도 걱정된다.

넌 다행히 감기는 걸리지 않았다고 했지만 앞으로 후반기 교육까지 받으려면 체력을 잘 관리해야 해. 어떤 아들은 신병교육대에서 긴장하고 무리했던지 자대 배치를 받은 후 병이 나서 국군병원에 입원까지 했다더라. 규칙적인 생활이야 잘하고 있을 테고 적절한 운동도 하지 않을 수 없을 테니 잘 먹고 잘 자며 스스로의 일상을 돌보는 일에만 충실하면 될 것 같아.

하나같이 소중한 아들들, 다시 엄마 품에 돌아올 때까지 부디 아프지 말길.

어제 오후엔 종교 활동 다녀오는 길에 충경마트에 들렀니? 나름대로 훈련소 최고참(?)이라고 PX를 이용할 기회를 얻은 모양이더구나. 14시 56분에 3,080원, 15시 05분에 3,200원 국군복지단 이름으로 결제된 내용이 대체 뭘까 싶어서 한참 동안 문자 메시지를 들여다보았네.

무슨 간식거리를 사 먹었나? 뭔가 필요한 물건이 있었나? 며칠 전엔 600원을 결제했더니, 혹시 아이스크림이라도 하나 사 먹을 기회를 얻었나?

나라사랑카드가 결제될 때마다 엄마 전화로 승인 문자가 오도록 신청해놓고 이렇게나마 함께 있는 기분을 느끼며 미소 짓는단다. 6백 원짜리, 3천 원짜리 귀한 행복이야.

내 아들, 어려서부터 장난감 가게에서 새것을 사달라고 떼 한번 쓰지 않고, 슈퍼마켓에서 간식거리를 살 때도 유통기한이 임박한 할인 상품이나 가격을 따져 세일 상품을 고르던 알뜰한 아들. 학교를 다닐 때도 용돈이 부족하냐고 물으면 언제나 남아 있다고, 필요하면 얘기한다 했지만 한 번도 더 달라고 조른 적 없는 네가 한편으론 대견하고 한편으론 안쓰러웠지. 글쓰기 노동으로 밥을 먹고사는 게 얼마나 힘든 일인지 알아서 스스로 일찍 철이 들어버린 것 같아 엄마로서는 왠지 미안하기도 했고.

그래도 욕심보다는 검약이, 허세보다는 절제가 삶을 가볍게 해. 욕망이 클수록 삶은 무거워져서 설령 더 많이 가진다 해도 덜 자유로울 수밖에 없지. 어쩌면 네가 가진 돈에 대한 순진한 무감함이 네 꿈을 찾아가는 데 도움이 될 수도 있을 거야. 물론 남들은 그걸 철없는 이상주의라고 비웃을지도 모르지만.

오늘부터 아들은 수료식을 준비하느라 군가 부르고 팔다리 각 맞추고 입장했다 퇴장했다 분주하고 바쁘겠지. 엄마도 수료식 준비 삼아 이것저것 챙겨 짐을 싸기 시작했단다.

부대 밖으로 나오는 면회 외출 시간은 4시간에서 4시간 반 남짓? 그래도 그 사이에 더위에 지친 아들의 입맛을 돋워줄 맛난 음식을 먹이고 싶어서 군필자들에게 조언을 구했단다. 그랬더니 그 형님들이 이렇게 대답해주더구나.

"자극적이고 영양이 불균형하고 기름진 음식이면 다 좋아요!"

"음식보다 무조건 시원한 탄산음료가 마시고 싶었어요. 훈련소 기간 땐 식중독 걸린다고 끓인 물만 마실 수 있었거든요. 더운 여름에 너무 힘들어서 진짜 콜라를 영혼과도 바꿀 수 있을 거 같았습니다."

이 말로 유추하건대, 그동안 끓인 물만 안전하게 먹었고, 자극 없이 영양소가 고루 갖춰진 담백한 음식을 먹었으렷다! 어떤 엄마에게 아들을 입대시켰을 때의 심정을 물었더니 훈련 기간에 인스턴트 음식 못 먹는 게 좋더라고 엉뚱한 소리를 하더니 그 말이 사실은 사실이었던가 보다.

내 아들, 내가 지금까지 먹여 키운 아들을 살뜰하게 돌봐 먹여주신 모든 분들께 고마운 마음뿐이다. 보시 중에서도 남에게 밥을 차려 먹이는 식보시가 제일이라지 않더냐!

요플레, 우유 한 잔, 빵 한 조각
어렵게 성찬을 준비하면 아이는
젖은 얼굴에 외면하고, 가방 메고
바삐 문 밖을 나서 유치원 간다
서운하다
아이의 공복과 뒷모습에서 떠오르는 나의 유년
그때도 먹을 것은 있었으리라
그때도 사랑은 있었으리라
그때도 누군가 서운한 마음으로
이렇게 서 있었으리

그러나 예나 지금이나
우리는 늘 공복이다

저 풀들은 어디서 어떻게 자라왔는가

—박철, 「육아일기」 전문

    삶을 지탱하는 먹거리가 있는 곳에 먹이고픈 사랑이 있고, 더 못
먹인 서운함이 있고, 끝없는 허기가 있고, 공복의 먹먹함이 있구나.
    그동안 건강한 밥을 꼬박꼬박 먹었으니 엄마는 네가 좋아할 만한
불건강한 밥을 특식으로 준비하련다. 끓여 식힌 물이 안전한 건 분명
하지만 때로 탄산음료의 톡 쏘는 자극도 필요할지니.
    코끝을 찡긋거리는 널, 보고 싶다, 아들아! (8월 8일)

1퍼센트의 아이들

오늘은 칠월 칠석, 수능 D-100일, 그리고 아들 만나기 이틀 전날이다!

임실읍에서도 견우와 직녀가 만났으려나? 과천의 견우와 직녀는 지금 막 만나는 중인가 보다. 들끓던 하늘이 불현듯 어두워지더니 반가운 비님이 내리기 시작하네. 어, 오랜만에 만난 견우와 직녀의 애정 표현이 너무 격렬한 건가? 갑자기 폭우가 쏟아져 들이치는 바람에 엄마는 열어두었던 창문을 닫느라 집 안을 이리 뛰고 저리 뛰었구나.

비가 내려 달아오른 땅을 적시니 잠시나마 시원한 기분이 든다. 내일모레 아들을 만나는 날에도 조금만 아주 조금만 해님이 불뚝성을 참아주셨으면 좋겠네.

엄마는 새벽 5시에 일어나 6시 반 지하철을 타고 종로에 가서 7시 50분부터 1시간 동안 조찬 강연을 했단다. 마치고 집에 돌아오니 오전 10시 반, 하루의 시작이 이상스럽다 보니 종일 졸린 듯 꿈꾸는 듯 멍하구나.

오늘 강연한 K사는 평균 연봉이 한국 1위로 이른바 '꿈의 직장'이라고 불리는 회사인데, 사원들이 한여름에도 하얀 긴팔 와이셔츠를 입고 목 끝까지 단추를 모조리 채운 모습이 인상적이더구나. 세상에는 우리가 모르는 얼마나 많은 낯선 세계들이 존재하는가? 빈부와 귀천, 행불행을 뛰어넘어 그 속에서 누군가는 오늘도 자기 앞의 생, 자기 몫의 삶을 살아내기 위해 분투하고 있겠지!

아침에 일찍 일어나는 새가 벌레를 더 많이 잡아먹는다고도 하고 아침에 일찍 일어나는 벌레가 새에게 더 많이 잡아먹힌다고도 하지만, 어쨌거나 아침에 일찍 일어나니 하루가 엄청나게 긴 것만은 사실이구나.

본격적으로 가방을 꾸리기 시작했어. 내일 낮 1시 54분에 수원역에서 무궁화호를 타고 임실역으로 곧장 갈 거야. 강연을 마치고 근처 브런치 카페에서 사 온 감자수프도 챙기고, 미리 사둔 초콜릿과 네가 좋아하는 사워크림 맛 과자도 챙기고, 한 달 동안 군가 말고는 듣고 부른 노래가 없을 테니 최신 음악을 다운받은 노트북도 챙기고…….

신이 나서 이것저것 챙기다 보니 문득 걱정스러운 마음이 들었어.

혹시 3중대 245명 중에 부모님이나 가족이 오지 못하는 훈련병이 있으려나? 몇 명이나 되려나?

어느 집은 수료식이 끝나고 아들을 좀 늦게 찾았더니 아들 옆에 다른 훈련병 하나가 붙어 있다가 가족들이 나타나니 당황한 표정으로 후다닥 뛰어가더래. 그 동기생도 부모님이 오지 않는 줄 알고 반가운 마음에 의지하려 했던 거지. 가족이 아니면 같이 부대 밖으로 나갈 수 없는 규정도 모르고 데려가 보려고 소리쳐 불렀지만 뒤도 돌아보지 않고 달아나더래. 그 이야기를 들으니 엄마도 그 엄마처럼 뜨겁고 쓰린 눈물이 가슴에서 차오르더라.

수료식에 가족이 오지 못하는 훈련병은 부대에서 미리 파악해서 훈련소 안에서 삼겹살 파티를 하거나 따로 밖에 데리고 나가 설렁탕 같은 걸 사 먹이고 돌아온다지만 가족이 오지 못하는 그 1프로의 아들들을 생각하면 마음이 너무 아프구나. 가족 아니고는 절대 보증서도 못 쓴다니 어쩔 방법이 없으나 그 친구들을 생각하면 우리의 그리움과 만남의 행복조차 미안하게 느껴지네.

부디 세상의 아이들이 상처받지 않았으면 좋겠다. 모두가 골고루 사랑받았으면 좋겠다. 그것이 부질없는 헛꿈일지라도, 내 아들을 사랑하는 마음으로 그들을 연민하네. 부디, 제발.

어젯밤에는 저녁 먹고 대공원 둘레 길을 한 바퀴 도는데 길 한가운데 머리랑 등이 까맣고 꼬리가 하얀 고양이 한 마리가 똬리를 틀고 앉아 있더라. 내 아들, 길고양이만 보면 다가가서 야옹야옹 고양이에게 말을 걸던 혜준이 생각나서 엄마도 고양이에게 말했지.

"드디어 낼모레다! 아들 보러 간다!"

그랬더니 고양이가 무심한 듯 시크하게 대답했어.

"야옹."

그래, 잘 다녀오라네. 그토록 보고파하던 아들 많이많이 보고 오라네.

아들아, 엄마 이제 간다! (8월 9일)

35일 만에 다시 탄 무궁화호

너를 남겨두고 돌아오며 탔던 무궁화호를 35일 만에 다시 탔다. 그때는 상행선, 이번엔 하행선. 좌석에 앉아 노트북을 펴 들고 그동안 썼던 서른일곱 통의 편지를 훑어보노라니 기묘한 기분이 드네.

실로 20년 만에 처음이지. 아들이 엄마로부터 완전히 분리되어 홀로 모든 걸 꾸려나가는 일이. 기숙사에 있어도 외국으로 여행을 가도 우리는 거의 매일 연락을 하며 일상을 나눴고, 엄마는 충실한 조력자로서(현실에선 폭풍 잔소리꾼으로) 네 곁을 지켰으니까.

너는 또 다른 의미에서 그랬을 테지만 처음에 엄마는 거의 패닉 상태나 다름없었지. 뭔가 해야 할 것 같은데 아무것도 할 수 없는, 그리움과 안타까움만큼이나 두려움과 무력감이 컸지.

지금은 35일 전과 얼마간 다르구나. 그동안 매일 너를 향해 편지를 쓰며, 네게서 여덟 통의 편지를 받으며, 우리는 비로소 따로 또 같이 적절한 거리에서 사랑하는 법을 배운 것 같아.

너무 오랫동안 너무 가까이에 다붙어 있어서 서로에게 너무 많이 요구하고 의존하고 기대하기에 실망했었나 봐. 믿었지만, 믿는다고 말을 했지만, 어쩌면 엄마의 믿음보다 훨씬 더 새로운 생활에 잘 적응하며 스스로 난관을 헤쳐 나가는 아들을 보면서 엄마는 숨겨두었던 일말의 의심을 반성했지. 이제야말로 연줄을 길고 느슨하게 풀어 아들을 하늘로 훨훨 날려 보낼 때가 온 것 같구나.

어제 같고 내일 같을 오늘의 뻔한 이야기만 반복할 수 없어서 이것저것 편지의 글감을 찾다가 어린 아들과 젊은 엄마의 추억이 담긴 육아 일기까지 캐냈지.

미쁘고도 애젓해라!

한창 사춘기 때 네가 현관문을 부서져라 밀쳐 닫고 학교에 가버리면 너덜너덜해진 마음을 달래기 위해 천사같이 예뻤던 네 어린 날의 사진을 뒤져보곤 했었는데, 육아 일기에는 한없이 여린 핏덩이였던 너도 있지만 서툴고 황망했던 젊은 엄마도 있구나.

그토록 좌충우돌하며, 모성이라는 생경한 본능 혹은 감정에 당황하며, 엄마라는 말조차 낯설었던 엄마는 점점 엄마가 아니고서는 무엇도 아닌 존재가 되어가네.

엄마는 아무리 생각해봐도, 모성애는 본능이라기보다 습성 같아.

낳은 정보다는 기른 정이 성의 분별을 넘어선 모성을 일깨우는 것 같아.

희생하고 헌신해야 한다는 당위에 등 떠밀려 누군가를(혹은 이미지를) 흉내 내는 것이 아니라 희생하고 헌신할 수밖에 없는 지난하고 혹독한 과정을 거치는 동안 발아하는, 잿더미 속에서 움트는 새싹처럼 더욱 굳세고 끈질긴 사랑.

엄마는 너를 통해 그 깊고 간절한 마음을 배울 수 있어서 기뻤단다.

너를 통해 내가 기억하지 못하는 세상을 다시 한 번 살 수 있었기에 내 마음속 어린아이의 상처도 돌볼 수 있었지.

때로 비굴해지고 때로 강건해지며, 너를 위해 내가 할 수 있는 모든 것과 할 수 없는 것까지 할 수 있었지.

자식은 짐이면서 힘이라고 표현하기도 했지만, 짐이었다기보다 힘이었던 순간이 훨씬 많았지.

너와 함께 무궁한 추억을, 이번 생의 마지막 순간까지 가져갈 추억을 만들 수 있어서 감사했단다.

혜준, 엄마는 네 엄마여서 정말 행복해.

오늘 기차를 타러 나오기 직전에 현관문에서 우체부 아저씨와 마주쳐 받은, 우표가 9장이나 붙은 속달 편지에 네가 쓴 것처럼 엄마가 준 사랑에 네가 응당한 보답을 하지 못할까 봐 걱정하진 마.

사랑은 흐르는 거야. 위에서 아래로, 받은 것에서 주는 걸로, 마음이 고이고 넘치는 대로. 엄마는 네게 아무것도 돌려받지 않아도 좋아.

물론 받으면 고맙기야 하겠지만 그걸 내가 준 것의 보상이라고 생각지는 않을래. 엄마도 엄마가 좋아서 준 것이니 너도 네가 주고픈 만큼만 주면 돼.

무엇보다 엄마는 지난 35일 동안 너를 만났던 시간이 얼마나 큰 축복이었는가를 시시각각 느꼈단다. 그거면 돼. 넌 이미 할 일을 다 했어.

제식훈련, 구급법, 정훈, 체력 단련, 경계, 사격, 수류탄, 숙영, 각개전투, 행군……

5주 동안 힘들었지만 모두 지나고 나니 지나온 산이지? 우리가 백두대간을 종주하며 깨우친 바대로, 넘어야 한다 생각하면 막막하고 오르는 동안은 힘들지만 넘어온 다음은 아름답지. 지나온 산이기에 비로소 아름답지.

그 힘으로 다음 봉우리도 오를 수 있을 거야. 20개월이라는 만만치 않은 시간의 산줄기도 굽이굽이 헤쳐 나갈 수 있을 거야.

아들, 부디 너 자신을 믿고 자중자애하길!

2016년의 역사적이고 기록적이고 살인적인 무더위 속에서 가장 뜨거운 여름을 가장 뜨겁게 보낸 아들의 수료식이 바로 내일!

오늘 밤은 부대와 지척인 숙소에서 잘 테니 아들과 같은 공기를 마시며 같은 별을 보겠구나. 앞으로 19시간 후면 아들을 만난다고 생각하니 35일 전과는 또 다른 빛깔의 눈물이 목울대에 차오른다.

만나면 꼭 안아줘야지. 까맣게 탄 뺨을 많이 쓸어줘야지. 어깨도 팔다리도 주물러줘야지. 시간아, 빨리 가라! (8월 10일)

259번 서혜준 훈련병의 엄마입니다

말 그대로 꿈같은 하루였구나. 그 아련한 꿈속에서 나는 너를 만났고, 다시 헤어졌네.

과연 시작과 끝, 만남과 이별은 하나인 걸까? 수료식이 종료됨과 동시에 후반기 교육이 시작되고, 38일 만에 만난 아들과 부둥켜안자마자 금세 돌아서 손을 흔들며 멀어졌지.

"강한 친구, 대한 육군, 정예 신병!"

사흘 꼬박 연습했다는 일사불란한 대오로 아들들이 행사장에 들어섰어. 물론 사전에 병력 배치도를 안내받긴 했지만 245개의 새카만 머리통들, 그동안 더욱 새카맣게 타버린 얼굴들 사이에서 엄마는 너무 빨리 너를 발견해냈지.

내 아들, 조금 살이 빠졌구나. 까무잡잡해졌구나. 굳게 다문 입술이 한층 진지해 보이는구나.

"멋있는 사나이! 많고 많지만, 바로 내가 사나이, 멋진 사나이!"

흰 장갑을 낀 손으로 반동을 주어 부르는 군가, 내 아들도 정말 사나이가 된 것인가? 언제까지고 영원한 아가이기만 할 것 같았던 아들이 익숙하고도 낯선 모습으로 엄마 앞에 서 있네.

국민의례와, 성적이 우수한 훈련병들에 대한 시상과, 한국전쟁 참전 용사 할아버지가 태극기와 견장을 수여하는 의식이 끝나고 훈련병 대표가 소감을 발표한 뒤 드디어 엄마가 네 앞에 섰네. 그토록 그리워하던 아들들 앞에서 애태우던 엄마들을 대표해 소감문을 발표하기 위해.

"안녕하세요? 저는 3중대 3소대 259번 서혜준 훈련병의 엄마입니다."

너는 이미 발맞추어 행사장으로 들어오던 때부터, 멀리 단상 위 어디쯤에 엄마가 있다는 걸 감지한 순간부터, 몇 번이고 솟구칠 듯한 눈물을 깊은 호흡으로 참았다고 했지. 엄마는 아들의 그 꾹꾹 눌러 참아 검붉어진 얼굴을 보면 소감문을 제대로 읽지 못할 것 같아 애써 눈을 피했어. 그랬는데도 첫마디부터 목소리가 떨리더구나. 오늘은 기쁜 날이고 축하의 자리이니 담담하게, 당당하게 소회를 밝히자고 그토록 마음을 다졌음에도.

"유달리 뜨거운 여름이었습니다. 연일 폭염주의보와 폭염경보가 내리는 가운데, 하필 이 더위에 아들을 입대시키고 아무것도 해줄 수 없는 엄마는 타는 하늘만 원망하고 또 원망했습니다.

하지만 이 또한 지나갔습니다. 고통의 순간도 환희의 순간도, 시간을 따라 모두 지나갑니다. 다들 애 많이 쓰셨습니다. 5주 전 이 자리에서 헤어졌던 아들들을 이렇게 건강한 모습으로 다시 만나게 되어서 얼마나 고맙고, 기쁘고, 다행스러운지 모르겠습니다."

"이제 시간, 그리고 자기 자신과의 새로운 싸움이 시작됩니다. 군대는 일반 사회와 다른 특수한 조직이기에 여러 가지 어려움이 있을 테지요. 하지만 무엇보다 아들들에게 말하고 싶은 것은, 부디 스스로를 귀하게 여기라는 것입니다. 자기 자신을 귀하게 여겨야 자신이 하는 일과 자기와 함께하는 전우들을 귀하게 여길 줄 알고, 자기도 남들로부터 귀한 대접을 받을 수 있습니다. 잊지 마세요. 가족들이 언제나 아들들을 기억하며 응원하고 있습니다. 사랑의 힘으로 진정한 강자, 진짜 사나이가 되어주십시오!"

그동안 열과 성을 다해 돌봐주신 35사단 지휘관들에 대한 감사 인사까지 마치고 엄마는 고개를 들었지. 그리고 자리로 돌아와 앉아서야 비로소 너를 보았어. 아들도 엄마를 쳐다보고 있네. 멀리서 서로 바라보며 눈으로 말하지. 말로 다할 수 없는, 말로 할 필요 없는 수많은 이야기들.

진군의 북이 둥둥 울리고 아들들의 경례를 받은 후에야 견장을 수여하기 위해 단상 아래로 뛰어 내려갔어.

아이고, 내 새끼……!

엄마의 입에서 터져 나오는 건 어쩌면 동물적인, 그러나 지극한 본능의 울부짖음.

달려가 내 새끼를 들입다 부둥켜안았지. 더듬더듬 얼굴을 만져보고, 조금 여윈 듯하나 더욱 단단해진 팔다리를 쓸어보았어.

내 피, 내 뼈, 내 살을 나누어 만든 또 다른 나, 그러나 나보다 더 아프고 애틋한 나!

내 새끼도 울고 있네. 낯선 세상에 맞닥뜨려서도 주눅 들지 않는 대견스러운 아들이 이제는 비좁기만 한 엄마의 품 안에서 소리 죽여 우네. 엄마와 아들이 우리끼리만 들리는 소리로 흐느껴 우네. 이건 전우처럼 길벗처럼 함께 견뎌온 시간과 너무 사랑해서 힘겨웠던 시간을 거쳐, 이제야 우리가 더 깊이 사랑해야만 하는 까닭을 깨달았기에 흘리는 눈물일지도 몰라.

나는 너를 가장 깊이 아는 단 한 사람, 너보다 더 빨리 기뻐하고 더 오래 슬퍼하는 마지막 사람. 하지만 우리는 언제까지고 함께일 수는 없기 때문이야. 만나면 헤어져야 하기 때문이야. 엄마도 언젠가는 너를 떠나야 하고, 언제까지고 어린아이일 수 없는 너를 인정해야 하기 때문이야…….

4시간 30분의 면회 외출은 너무도 짧았지. 지금껏 엄마가 경험한 시간 중에 가장 빨리 흐른 4시간 30분 같아. 느긋하게 샤워를 하고, 준비해 온 음식을 고루 먹고, 생활관 동기들과 함께했던 재미있는 이야기, 더위 때문에 고생했던 이야기, 어떤 훈련이 어려웠고 어떤 훈련이 흥미로웠는가는 후일담을 듣기에만도 모자랐지.

그래도 엄마는 아들을 다시 들여보내기 직전 햇볕에 탄 얼굴을 진정 팩으로 달래며 무릎에 뉘어 귀를 파줄 수 있었던 게 뿌듯하구나. 깊고 여린 귓속에서 엉긴 먼지처럼, 아직도 네가 스스로 들여다볼 수 없는 어딘가는 남아 있는 거야. 그것을 대신 봐줄 누군가가 나타나기 전까지는 엄마에게 그 일이 허락되었음에 감사해.

오후 4시 20분 위병소 앞에서 아들과 다시 헤어져야 할 시간. 그래도 엄마에게 힘차게 손을 흔들고 생활관 동기들과 함께 활짝 웃으며 부대로 들어가는 아들을 보니 주책없게 또 비집고 나오려던 눈물이 쏙 들어가네.

"잘할게요. 나, 잘할 수 있어요."

기시감처럼 느껴지는 다짐, 그러나 그때보다 단단해진 약속.

후반기 교육을 받기 위해 내일 입소할 제2수송교육단이 있는 경산의 오늘 최고 기온이 39.5도, 미친 듯한 혹서일지언정 넌 잘 이겨낼 거야. 너, 그리고 너를 사랑하는 엄마의 믿음처럼.

혜준, 내 아들아!

설령 모든 만남과 헤어짐이 꿈결 같을지라도, 이번 생에 널 만난

건 아주 좋은 꿈이야. 엄마는 네가 알고, 믿고, 느끼는 것보다 훨씬
더 너를 사랑한단다. (8월 10일, 신병교육대대 수료식을 마치고)

백일을 맞는 아들에게

내 어린 사람, 내 아가 혜준!

그도……:

언젠가 자기 방문을 안으로 굳게 걸어 잠그겠지. 오늘 어떻게 지냈느냐는 말에 그냥 별것 없었어……라며 입을 닫아버리겠지. 식탁 앞에서도 묵묵히 밥만 먹고, 텔레비전 좀 그만 보라는 말에 문을 쾅 닫고 들어가 오디오 볼륨을 높이겠지. 함께 이야기 나누자면 귀찮아, 할 말 없어…… 이불을 뒤집어쓰고, 함께 외출하자는 제안에 난 아이가 아니야! 소리치겠지.

언젠가 몽정을 한 팬티를 이불 밑에서 발견하게 되겠지. 가끔은 쓰레기통 밑바닥에서 한 뭉치의 굳은 휴지를 찾아내기도 할 거야. 인터넷으로 'SEX'를 검색하고, 몰래 본 잡지와 비디오의 장면을 떠올리며 멀뚱히 마스터베이션도 하겠지.

엄마가 사준 옷은 후져서 못 입겠다고 화를 내며 혼자 옷을 사러 나가 넝마 같은 것들을 한 아름 주워 들이겠지. 브랜드 마크가 선명한 가방과 모자로 장식을 하고 '나이크' 같은 모조품은 쪽팔려서 죽어도 안 입겠다고 하겠지. 서양 사내의 가슴털이 근사해 보여 면도를 하고 양파 즙을 바를지도 몰라. 무스로 떡을 치고 겨드랑이에 향수도 뿌리고 거울 앞에서 몇 시간이고 궁싯거리다가 비로소 흡족한 듯 제멋에 겨워 건들거리며 집을 나서겠지.

우연히 만난 누군가의 미소에 잠을 설치는 날도 오겠지. 뽀얗고 하얀 손을 잡고 싶어 가슴을 떨고, 빨갛고 도톰한 입술에 닿고 싶어 안달을 하겠지. 부푼 가슴을 만지면 물풍선 같을까 젤리 같을까 궁금해 하고, 경험 있다고 으스대는 친구 놈들을 부러워할지도 모르지.

언젠가는 이별을 맛보기도 할 거야. 담배를 꼬나물고 독한 술을 마시며 죄 없는 가로수 둥치를 잡고 오바이트도 쏟겠지.

세상에서 자기가 가장 외롭다고 생각하겠지. 가족이란 족쇄 같은 것, 삶의 누추한 짐이라고 여길 수도 있을 거야. 절대 고독, 고립된 자아, 이따위 말을 쓰게 될지 몰라.

일일이 계산하며 따지고 건강이나 걱정하는 엄마가 속물 같다고 생각하고, 가족과는 필요한 말만 하면 된다고 대화의 부재를 정당화시키겠지. 엄마가 잃어버린 꿈을 내게서 보상받으려 하지 말라고, 내 인생은 나의 것, 내가 알아서 하겠다고 주먹을 옥쥐고 똑바로 노려보기도 할 거야. 그렇겠지…….

언젠가는 결혼하겠다고 누군가를 데려오겠지. 상대의 눈에 우리 집이 초라하거나 답답하게 느껴지지 않을까 걱정하며 엄마의 방식도 틀릴 수 있다고, 시대가 바뀌었으니 새로운 방식에 적응해야 한다고 역설하겠지. 먹고 사는 것이 고달플 때는 부모가 백만장자가 아니라는 사실에 낙심하고, 엄마의 얼굴을 떠올리지 않고 잠드는 밤들이 많아지면서 웬 명절, 어버이날, 생일…… 챙길 것만 이리 많으냐고 화를 내겠지. 아프다는 말에 나이 먹으면 다 아프기 마련인걸…… 속으로 투덜거리고, 늙고 약해져가는 엄마를 부담스러워 하겠지.

그러는 어느 사이 수염이 돋아난 얼굴에 주름이 지고, 주름진 얼굴에 백발이 드리우겠지. 그러면 가끔, 이미 세상에 없는 엄마를 그리워할까? 엄마와 다시 만나기를 고대할까?

지금 내 품 안에서 땀을 흘리며 젖을 빨고 내 팔에 안기지 않으면 잠들지도 못하고 내 눈길, 손짓, 표정, 몸짓에 울고 웃는 아가, 나로 인해 존재하는 내 불멸의 징표도 언젠가는 그러하겠지. 모두가 자궁 속의 기억을 까맣게 잊고 살듯.

그러나 내 아가, 사랑하는 혜준아!

네가 모든 것을 잊는대도, 변하지 않는 것이 있단다. 너는 나로 인해 존재하고, 나는 너로 인해 행복했다는 것. 그리고 엄마는 죽을 때까지 너를 사랑했다는 것. (1997년 3월 8일)

첫돌을 맞는 아들에게

혜준, 사랑스런 내 아가야!

네가 내 곁에 온 겨울이 다시 우리에게 다가왔구나.

병원에 간지 한 시간 반 만에 온몸이 송두리째 뽑히는 듯한 느낌 속에 너를 낳아놓고 안도감과 허탈감과 알 수 없는 불안과 피로에 피를 흘리며 누워있던 엄마의 머리맡으로 늦은 오후의 함박눈이 펑펑 내렸지.

신생아실에서 너를 만났을 때, 볼이 축 늘어진 삼각형 얼굴에 무엇이 그리 못마땅한지 이맛살을 잔뜩 찌푸리고 있던, 객관적으로 보기에 아무래도 예쁘다고 말할 수 없었던 너를 보고 철없는 엄마는 아무 말도 못한 채 손만 딸랑딸랑 흔들며 병실로 돌아왔단다.

그 어설픈 첫 만남, 그리고 너와 함께한 실수투성이 뒤죽박죽 엉망

진창의 적응기.

　우유조차 탈 줄 몰라 안 나오는 젖을 물리고 울었던 엄마. 퉁퉁 부은 몸에 어깨, 허리, 팔다리, 손가락 마디마디가 저려오는 고통도 너를 위해 참아야 했던 많은 시간들. 그래도 너는 참 잘도 자라주었구나.

　5개월 만에 늦게 뒤집고 8개월 만에 늦게 기더니 꼭 열 달 만에 발걸음을 떼어 대기만성이라고 엄마를 우쭐거리게도 하고, 이제는 제법 동화책을 넘기고 도리도리 곤지곤지 짝짜꿍 죔죔을 하며 엄마 맘마 까까를 외치고 다니는 너!

　세상의 모든 아이들이 겪는 성장 과정이라고 해도 엄마에게는 새로운 세상이 열리는 기쁨이었단다. 그래, 너는 엄마 가슴에 들어온 오묘하고 영롱한 낯선 빛이었다. 이기와 아집과 독선과 오만으로 황폐해져가던 엄마에게 이타와 겸손과 배려와 동정의 마음을 가르쳐준 너!

　하지만 그 배움의 과정이 언제나 즐겁고 행복한 것만은 아니었지. 몸의 수고가 버거워 지쳐 쓰러져 잠들고, 턱없이 줄어들어 없어지다시피 한 엄마만의 시간 때문에 우울해도 했단다. 컴퓨터를 켜고 지난번 쓰다 만 원고 끄트머리를 찾아갔을 때 한 시간 동안 흔들어 겨우 재운 네가 잠에서 깨어나 울면 엄마의 마지막 에너지 한 방울마저 빼앗아버린 너를 탓하며 짜증을 내기도 했어. 어디를 가도 애 딸린 엄마, 아줌마, 오로지 자기 새끼를 보살피기에 급급한 둔하고 어리석은 족속 취급을 받아가며 세상에서 가장 낮아지는 경험도 했단다.

　내 아가 혜준!

　엄마는 너를 낳고부터 눈물이 참 많아졌다. 나약한 사람들을 향해 강해지라고, 강해져야만 한다고 차가운 냉소의 채찍을 보내던 엄마가 네 앞에서 뜨거운 눈물과 함께 쓰러지곤 한다. 그럼에도 불구하고 그것이 부끄러움이 아닌 쓰리고 아픈 자성으로 엄마에게 다시 돌아온다. 비로소 세상을 연민의 눈으로 바라보게 된 것, 그것이 새끼를 낳아 기르는 어미만의 소중한 특권임을 엄마는 알고 있거든.

네가 아직 엄마의 품 안에서 귀퉁이조차 엿보지 못한 이 세상이라는 곳은 그렇게 아름답지만은 않은 곳이다. 너무 많은 분노, 너무 많은 슬픔, 너무 많은 괴로움과 고통이 있는 곳이지. 가끔은 이곳에 너를 초대한 것이 너무 미안해질 정도다.

그러나 혜준!

때로 모성이라는 새로운 욕망이 엄마의 이기심을 부추겨 흔들지라도, 반복되는 일상에 지쳐 탈출을 모의하고픈 욕구에 시달릴지라도, 나는 네가 있기에 이 세상을 견디며 살아간다. 지금 나는 네게 원하는 것이 아무 것도 없다. 엄마가 아무리 좋은 음식과 옷과 갖가지 장난감으로 너를 감싼다 하더라도 네가 어떤 사람으로 자라줄 것인가는 엄마의 욕심을 벗어난 일이리라. 너는 저 넓고 거친 세상을 향해 나아갈 사람이다. 너는 내 것이 아니다.

언젠가 네가 우유병을 떼고 기저귀를 벗고 혼자 밥을 먹고 옷을 입고 친구를 원하고 너만의 은밀한 비밀들을 간직할 즈음, 엄마를 미련 없이 버려주리라는 것을 알고 있다. 나는 기꺼이 너를 위해 버림받고 싶다.

혜준, 내 아들아!

너와 함께 하는 소중한 시간들이 너무도 빨리 지나간다. 벌써 1년, 허둥지둥 서둘러 오는 동안 놓쳐버린 순간들이 아쉬울 뿐이다. 다시 돌아오지 않겠지. 하지만 너는 언제나 내 아가, 내 핏덩이, 내 살덩이, 내 숨결임을 잊지 마라.

건강하게 자라주어서 정말 고맙다. 사랑한다. (1997년 11월 29일)

인용 출처

＊이 책에 인용된 시는 저작권 소유자들께, 노래 가사는 한국음악저작권협회를 통하여 정식으로 사용 허락을 받았습니다.

36쪽_ 〈혼자 추는 춤〉, 이석원, 언니네 이발관, 2015
134쪽_ 〈엄마가 딸에게〉, 양희은·김창기, 양희은·김창기, 2015
152쪽_ 「어머니가 아들에게」, 『생일』, 랭스턴 휴즈, 장영희 역, 비채, 2006
202쪽_ 「육아일기」, 『너무 멀리 걸어왔다』, 박철, 푸른숲, 1996

스무 살 아들에게

초판 1쇄 2017년 7월 20일

지은이 | 김별아
펴낸이 | 송영석

편집장 | 이진숙 · 이혜진
기획편집 | 박신애 · 정다움 · 김단비 · 정기현 · 심슬기
디자인 | 박윤정 · 김현철
마케팅 | 이종우 · 김유종 · 한승민
관리 | 송우석 · 황규성 · 전지연 · 황지현 · 채경민

펴낸곳 | (株)해냄출판사
등록번호 | 제10-229호
등록일자 | 1988년 5월 11일(설립일자 | 1983년 6월 24일)

04042 서울시 마포구 잔다리로 30 해냄빌딩 5·6층
대표전화 | 326-1600 **팩스** | 326-1624
홈페이지 | www.hainaim.com

ISBN 978-89-6574-628-7

파본은 본사나 구입하신 서점에서 교환하여 드립니다.

이 도서의 국립중앙도서관 출판예정도서목록(CIP)은 서지정보유통지원시스템 홈페이지
(http://seoji.nl.go.kr)와 국가자료공동목록시스템(http://www.nl.go.kr/kolisnet)에서 이용
하실 수 있습니다.(CIP제어번호:CIP2017015178)